UNE POIGNÉE DE VIES

DU MÊME AUTEUR

LE MUR INVISIBLE, Actes Sud, 1985 ; Babel n° 44 ; "Les Inépuisables", 2014 ; Actes Sud audio, 2019.
NOUS AVONS TUÉ STELLA, Actes Sud, 1986 ; Babel n° 150.
DANS LA MANSARDE, Actes Sud, 1987 ; Babel n° 1635.
LA PORTE DÉROBÉE, Actes Sud, 1988.
SOUS UN CIEL INFINI, Actes Sud, 1989.
LA CINQUIÈME ANNÉE, Actes Sud, 1992.
LA NUIT, Actes Sud, 1994.
UNE POIGNÉE DE VIES, Chambon, 2020 ; Babel n° 1799.

Titre original :
Eine Handvoll Leben
Éditeur original :

ISBN 978-2-330-16074-6

MARLEN HAUSHOFER

UNE POIGNÉE DE VIES

roman traduit de l'allemand
par Jacqueline Chambon

BABEL

1

En mai 1951, dans une petite cité autrichienne, un certain Anton Pfluger mourut dans un accident de voiture. En se rendant en ville, sans raison apparente il rentra dans un arbre, avec pour conséquence une fracture du crâne et des blessures internes. Il ne reprit plus conscience. On supposa qu'il avait été pris d'un brusque malaise. Quelques jours avant, Anton Pfluger avait fêté son cinquantième anniversaire, sans doute avec quelques excès. Dans les semaines suivantes on s'aperçut que la situation financière qu'il avait laissée derrière lui n'était pas aussi bonne qu'on l'avait supposé.

La famille Pfluger possédait, depuis plusieurs générations, une petite fabrique de clous qu'on pensait prospère. Quand survint l'événement, son fils, qui se prénommait aussi Anton, mais qu'on appelait Toni, était un étudiant de vingt-deux ans. Sans ces études il aurait pu lui aussi vendre des clous, mais pour le prestige et parce qu'Anton souhaitait vivre dans la grande ville on lui avait permis de fréquenter l'université.

Ce jeune homme, qui ne s'intéressait pas le moins du monde au commerce, se retrouva soudain dans une situation difficile. Finalement il abandonna la direction de la fabrique au directeur adjoint qui s'était consacré aux clous depuis l'enfance et dont on pouvait espérer qu'il gérerait honnêtement l'entreprise. Quelques mois avant la mort du patron, sa fille s'était mariée et elle, ou peut-être son époux, exigeait de toucher sa part d'héritage.

Après avoir pris conseil et pour éviter une mesquine querelle de famille, Toni décida de vendre la fabrique de clous pour pouvoir payer sa part à sa sœur.

L'étonnant, dans cette affaire, fut que la veuve se rangea du côté de son beau-fils au lieu d'être du côté de sa propre fille. Toni Pfluger, en effet, était le fruit du premier mariage de son père avec une femme, qui s'était noyée dans la rivière à l'âge de vingt-cinq ans. Une année après cet accident, Anton Pfluger avait épousé la meilleure amie de sa femme ; il n'aurait pu donner une meilleure mère à son enfant.

Pour une raison quelconque, Mme Käthe Pfluger avait toujours préféré son beau-fils à sa fille.

Le père, toutefois, s'était beaucoup plus occupé de sa fille que de Toni qui, comme sa mère, avait un caractère difficile et entêté et montrait de l'attachement à sa belle-mère. Il ne repoussa jamais ses tendresses puis, en grandissant, se montra plein de galanterie et d'égards envers celle qui, par sa beauté, sa blondeur et sa douceur, séduisait tous les hommes.

Souvent, en parlant avec lui, elle retrouvait clairement cette distance que sa mère avait toujours conservée dans toutes ses amitiés. De cette mère, il avait hérité ce don de faire croire à son interlocuteur qu'on se confie à lui, alors qu'on lui cache l'essentiel.

Après leurs échanges, Käthe se sentait un peu oppressée. Elle caressait les cheveux dorés de son beau-fils et oubliait ses propres préoccupations en retrouvant les grands yeux gris de son amie dans le fin visage du garçon. Elle ignorait que le sentiment qu'elle éprouvait n'était autre que le mal du pays, mais elle avait appris à ne jamais y penser et se hâtait d'oublier une pensée déjà éprouvée, qu'elle avait toujours été incapable de s'expliquer.

Elle avait au moins préservé l'entente familiale, pensait-elle avec cette bienveillance qui lui avait permis de supporter l'humeur grincheuse de son mari et le caractère récalcitrant de sa fille.

À présent que son époux était mort et sa fille mariée, elle pouvait un peu se laisser aller. Plus personne n'était là pour lui dicter sa conduite. Elle pouvait manger les sucreries qu'elle aimait tant, rester chez elle en peignoir et, après le repas, s'allonger sur le divan avec un roman à l'eau de rose qui aurait provoqué les railleries de sa fille.

Le gentil Toni se gardait bien de la critiquer. Il lui apportait des fleurs et des confiseries et n'était pas irrité, à l'inverse de son père, lorsqu'elle invitait ses amies pour le goûter.

Il écoutait volontiers les derniers commérages, et faisait des remarques spirituelles et sans méchanceté ; elle trouvait donc qu'ils s'entendaient parfaitement.

Quand il lui proposa de licencier la bonne et de prendre à la place une femme de ménage, elle fut aussitôt d'accord. Elle se contenta de fermer les chambres inutilisées et de restreindre leur train de vie.

Quand elle lui avait demandé ce qu'il avait contre la bonne, Toni avait simplement répondu : « Elle dérange. »

Et Mme Käthe avait brusquement trouvé qu'il avait raison. Jamais elle n'aurait reconnu d'elle-même le léger désagrément qu'elle éprouvait parfois devant cette grosse face étrangère, mais depuis que Toni l'avait dit, cela lui sautait aux yeux.

Quand la bonne fut partie, il resta plus souvent à la maison. Elle l'entendait marcher dans sa chambre, puis il allait s'allonger au jardin, sous les arbres fruitiers, pour lire, rêver ou sommeiller.

Parfois il arrivait, l'aidait à dévider sa laine et divertissait ses amies, enchantées de sa présence, pendant un quart d'heure. Bref, il s'arrangeait pour que toutes l'envient d'avoir un tel beau-fils.

Toni lui proposa de vendre la maison et de louer un appartement en ville assez grand pour eux deux, et elle fut d'accord. La maison ne représentait rien pour elle, elle ne tenait qu'à une chose, ses habitudes : le café du matin, les bavardages, les romans, les sucreries et le cinéma une fois par semaine. Son corps plein et tendre irradiait le bien-être et le réclamait. Finalement Toni était la seule personne dont elle avait besoin pour son bonheur. Pour lui, elle aurait même renoncé à sa vie confortable sans hésiter, car il était, ou peut-être sa mère morte en lui, ce qui donnait à sa vie sa saveur et la minuscule et extrême nostalgie de l'inconnu.

Au cours des semaines suivantes, plusieurs acheteurs se présentèrent, mais Toni ne put en choisir aucun. Finalement, on décida de renoncer aux exigences si un acquéreur sérieux se présentait.

Au milieu de juillet, un agent de la capitale annonça la visite d'une certaine Mme Betty Russel que la maison intéressait.

Elle arriva enfin un après-midi et Toni alla la chercher avec la voiture qui avait survécu à l'accident du vieux Pfluger.

Elle parlait un allemand sans accent et expliqua qu'elle avait longtemps vécu en Autriche. C'était une femme maigre au squelette léger dont l'âge était difficile à apprécier. Toni lui donnait entre trente-huit et cinquante ans et il l'oublia pour se consacrer à la conduite, car il abordait toujours l'Alleebäumen avec un peu d'appréhension.

Les cheveux de Mme Russel, teints en blond doré, étaient courts et lisses mais ils ne restaient jamais en place et formaient un léger nuage sur son front. Les grandes lunettes de soleil cachaient à demi son visage, pas plus grand que celui d'un enfant, un visage maigre mais animé par une bouche agréablement spirituelle. Elle avait l'air de penser qu'on voulait lui vendre la maison pour un prix trop haut.

Toni décida de se montrer aussi accommodant que possible. Il en avait vraiment assez de toute cette affaire et aurait voulu envoyer au diable sa sœur, son beau-frère et la fabrique de clous. Il ne souhaitait qu'une chose, s'enfuir dans un endroit agréable, sans beaucoup d'argent mais libre. Bien sûr, il savait aussi qu'il n'obéirait jamais à ce genre de tentation.

La femme à son côté était à présent silencieuse et elle lui parut un peu hautaine, mais cela ne cachait peut-être que de la fatigue. Soudain Toni se dit que c'était une femme très malade ou malheureuse, mais excessivement volontaire et, à la pensée de cet entêtement, il soupira doucement.

Après avoir salué l'étrangère, Mme Käthe lui montra sa chambre et l'invita à se rafraîchir un peu, mais celle-ci réapparut à peine deux minutes après, avec cette fois de fines lunettes vertes, qui laissaient penser qu'elle souffrait des yeux.

Elle se fit montrer aussitôt la maison par Toni, examina tout méticuleusement, posa de brèves questions pratiques mais resta impénétrable.

Après être restée un assez long moment dans le jardin, elle dit qu'elle achetait la maison au prix que l'agent lui avait proposé. Toni dit qu'il allait faire rédiger un contrat de vente par son avocat. Elle expliqua en outre qu'il lui serait agréable que les anciens propriétaires continuent à y habiter.

Toni eut la plus grande peine à garder son calme et à se maîtriser, en essayant d'empêcher sa voix de trembler. Il avait envie de lui sauter au cou.

Käthe Pfluger avait, on ne sait pourquoi, fait venir la vieille grand-mère de Toni, peut-être dans l'espoir que cette apparition décorative autant que vénérable influencerait l'étrangère. Mme Salvera, habillée pour l'occasion en soie gorge-de-pigeon, se contenta de rester assise les yeux fixés sur ses mains. Elle ne percevait qu'une tache claire, étant à demi aveugle. Käthe expliqua à leur invitée que la vieille dame allait sur ses quatre-vingts ans et n'était plus en mesure de prendre part à la conversation.

Sur ce, on passa à table. L'étrangère mangea peu, parla à peine, juste des généralités, et Toni se dit de nouveau qu'elle devait être très malade. Il n'espérait qu'une chose, qu'elle soit capable de signer le contrat de vente et reparte aussi vite que possible.

Mais il fut aussitôt conscient de la dureté de cœur que révélait cette pensée et il lui tendit la corbeille de pain avec un air radieux. Elle esquissa alors, pour la première fois, un pâle sourire, presque contraint, et son visage en fut à ce point transformé que Toni eut envie de lui enlever ses lunettes vertes. Il avait supposé qu'elle avait des yeux marron, mais après ce sourire désarmant, il lui prêtait des yeux bleus, de grands yeux bleus sous des cils noirs. Mais ce n'était que le reflet de son propre visage qu'il voyait dans les verres pareils à de troubles miroirs.

Il se surprit à souhaiter retourner au crépuscule dans le verger avec cette femme et, sans bien savoir comment, d'être gentil avec elle.

La conversation se traîna encore deux heures et Toni sentit venir le sommeil. Enfin l'étrangère se leva en disant qu'elle devait se retirer car son voyage l'avait fatiguée. Mme Käthe l'accompagna à sa chambre.

2

Quand la porte se referma sur son hôtesse, Betty enleva aussitôt les verres sombres et les posa sur la table. Elle avait toujours détesté les lunettes noires. Elles transforment le monde d'une façon à peine perceptible mais tellement inquiétante. Comme si on se déplaçait au fond de la mer ou dans un pays qui n'appartenait pas à cette terre mais à une étoile étrangère sur laquelle la vie n'était plus qu'un faible souffle et s'enfonçait lentement dans des ombres verdâtres.

Rien n'était plus fantomatique qu'un groupe de gens vus à travers ces verres sombres. Ils faisaient surgir en elle l'image de morts qui ne savent pas encore que leur situation a changé, mais qui, en butte à un pressentiment, s'agitent pour prouver leur réalité.

Betty se dirigea vers la vasque en porcelaine et y versa de l'eau. Sur le fond blanc elle découvrit une légère craquelure pareille à un fin cheveu brun de femme. Dans le miroir raffiné – le bord doré était légèrement écaillé –, elle aperçut son étroit visage pâle accablé par de grands yeux gris. Les paupières étaient rougies par les lunettes noires et la lassitude du voyage. La peau délicate autour des yeux était cireuse et sillonnée de fines rides comme du papier de soie chiffonné.

Repoussant de son front ses cheveux teints en blond, elle observa distraitement ce visage, qui révélait un lent déclin. Puis elle le plongea dans l'eau froide et ouvrit les yeux. Le froid picotait et brûlait et Betty sentit son cœur battre douloureusement. Tout en se séchant les yeux avec la serviette, elle retint son souffle et s'irrita de sa faiblesse.

Quand elle fut au lit et qu'elle eut éteint la lumière, elle sentit un frisson la parcourir, comme toujours quand elle était épuisée. Le fin duvet de ses bras se hérissa et elle se mit à trembler et à claquer des dents. Puis, calmée, elle s'endormit d'un coup.

Une heure après, elle se réveilla, fraîche et dispose. Aussitôt elle ralluma et se mit à aller et venir, pieds nus, dans la chambre. Elle ouvrit le coffre, il était vide, les deux tiroirs du haut de la commode l'étaient également, mais dans le troisième tiroir, elle trouva un cierge de communiant, un petit cheval de bois, une pile de cahiers d'écolier et une boîte pleine de cartes postales et de photographies.

Le cheval de bois, elle le reconnut. Tout en le tournant entre ses doigts, elle eut peur d'éprouver de l'émotion ou du chagrin, mais il n'en fut rien.

La fenêtre était grande ouverte et, du jardin, montait l'odeur du foin. Betty se souvint de la jeune femme, qui, si souvent, s'était penchée la nuit à la fenêtre, les yeux pleins de larmes, émue, livrée sans force au parfum envoûtant de l'été.

D'un geste sec, elle referma le rideau blanc, effleurée par l'ancienne vision, au fond du jardin, sous la noire frondaison des pommiers, d'un inconnu qui la regardait fixement.

Mais le jardin s'étendait, abandonné par les humains, uniquement dédié à la vie indicible de ses arbres, de l'herbe et des petites bêtes. Et Betty, autrefois, était triste de ne pouvoir pénétrer dans ce monde étranger.

Elle remit le petit cheval de bois dans le tiroir et prit le paquet de cartes postales et de photos.

Elle regagna son lit en frissonnant. Un souffle froid descendu des montagnes fit onduler les rideaux.

Elle arrangea les oreillers et s'y adossa. Le front baigné par la fraîcheur nocturne, elle se mit à lire les vieilles cartes postales.

La première qu'elle tira du paquet était adressée à sa mère et, sous l'écriture démodée et fanée, on pouvait lire que le temps était beau et que Lieserl allait bien. Elle était signée : « Ta cousine Sophie ».

Betty examina pensivement au revers une maison carrée dans un paysage assez plat, le tout vivement colorié, jaune sur jaune. La cousine avait oublié de mettre la date. Mais après avoir réfléchi, Betty calcula qu'il ne pouvait s'agir que de l'été 1912 au cours duquel, âgée de cinq ans, elle avait été envoyée chez des parents à la campagne parce que sa mère était sur le point d'accoucher. L'enfant, qui aurait dû être un garçon, mais qui s'avéra être une fille, était mort à la naissance et rien n'avait été changé dans la vie de la famille Salvera.

Mais cet été, qu'on aurait pu croire oublié, resurgit de la vieille carte postale et tendit sa grande main vers l'enfant qui avait essayé de lui échapper. « Jamais, murmura la large bouche sous la barbe rousse touffue, espèce d'idiote, jamais tu ne m'échapperas. » Betty ferma les yeux et entendit son rire profond.

Ce puissant été n'avait duré que six semaines mais dans son souvenir il lui sembla avoir duré des mois, voire une année. Tout en lui était démesuré ; trop puissant, trop sauvage, trop grand. Lumière et ombre rigoureusement tranchées par les murs des maisons ; jours dorés, brûlants ; lumière étincelante sur la cour ; les prairies et les champs blafards, brûlés par l'ardeur du soleil, puis les courtes nuits noires. Dans les interstices, s'ouvrait le royaume secret des maisons derrière les volets verts fermés ; les sombres greniers, les pièces plongées dans une douce et chaude pénombre, endormies et bourdonnantes du minuscule fredon des mouches et des moustiques.

La maison était habitée par des femmes : tante Sophie, tante Else, les domestiques et la vieille bonne d'enfants. Pour la petite fille elles étaient des géantes dans leurs longues robes et leurs lourds chignons roux, bruns ou blancs.

Bien sûr, il devait y avoir aussi des hommes, mais peut-être n'étaient-ils pas souvent là ou bien l'enfant n'avait-elle pas eu un seul regard pour eux. Le gouvernement de la maison était entièrement dévolu aux femmes. Les hommes régnaient sur les champs, les prairies et les bois. Ils faisaient partie du dehors, le fusil à l'épaule, les mains dans les poches, petites silhouettes perdues sous le ciel immense et les plaines grillées.

Et toutes ces femmes étaient sans enfant et semblaient avoir attendu le jour où une petite fille surgirait, et sur laquelle à présent elles se jetaient.

Il y avait les bras nus et brunis de la bonne dans lesquels elle se jetait et qui la soulevaient très haut et la grosse poitrine molle de tante Sophie où elle se blottissait, ses joues rouges, sa bouche pleine et ses larges paupières pâles s'ouvrant sur des yeux marron liquides, les pas pressés dans le couloir, les voix... Lieserl, où es-tu, où es-tu... et elle, cachée derrière la huche ou accroupie derrière un coffre, tout excitée d'être seule avec elle-même.

Mais elle ne résistait jamais longtemps. Les grosses femmes étaient bien trop fortes. Avec leur voix et leurs corps pleins, elles tiraient l'enfant de sa cachette sombre, jusqu'à ce que, happée par ce chaud tourbillon, elle se lève et se jette dans les bras tendus, s'abandonnant au pouvoir étranger des tabliers bleus.

« Tu dois devenir aussi grande et aussi forte que nous », disait la bonne en lui remplissant la bouche de miel et de bouillie. Lieserl regardait le visage semé de taches de rousseur sous les cheveux roux, percevait la chaleur du corps moelleux et savait dans son cœur que jamais elle ne deviendrait comme ça.

Quand elle était allongée dans son lit, elle glissait parfois la main sous sa chemise de nuit, la posait sur sa poitrine parcourue de veines bleues, et sentait comme elle était froide. Jamais elle ne serait aussi chaude que la poitrine de la bonne.

Elle avalait la bouillie et le miel jusqu'à en être étourdie et que sa tête tombe sur l'épaule de la bonne, une épaule qui sentait si fort le lait et le soleil.

Ce jour-là, quand elle se réveilla, elle était allongée sur le divan du salon et elle était seule. La lumière arrivait, atténuée par les jalousies, et elle avait la tête lourde et cotonneuse.

Les chiens étaient couchés sous la vitrine aux fusils, le museau sur les pattes, jappant doucement et les oreilles tressaillant dans leur demi-sommeil. Ils étaient toujours en train de chasser ; dans leurs rêves ils couraient derrière un gibier qu'ils n'atteignaient jamais. Parfois, ils se réveillaient et savaient que Lieserl ne dormait plus. Alors ils se levaient, s'approchaient du divan et contemplaient l'enfant. On pouvait leur parler, mais ils étaient trop paresseux pour répondre et se contentaient de frapper le sol avec leur queue. Ensuite ils bâillaient, découvrant leur gueule rouge framboise et leurs crocs jaunes. Lieserl leur toucha une dent après l'autre, les secoua, trouva qu'elles avaient grandi et, pour finir, elle posa sa main entre chacune d'elles et attendit.

Et les chiens restèrent assis, la gueule entrouverte, attendant patiemment qu'elle retire sa petite main. Après quoi ils se secouèrent et repartirent sous la vitrine aux fusils, retournant à leur rêve de chasse sans espoir.

Quelques mouches jouaient à se poursuivre autour de la lampe et Lieserl s'efforça de comprendre la règle du jeu, mais plus elle regardait plus elle avait le vertige, jusqu'à ce que, dépitée, elle saute du divan et s'enfuie en courant dans le couloir.

Elle tendit l'oreille et, comme elle n'entendait aucune des femmes à proximité, elle se glissa dehors par la porte de derrière.

Le soleil frappa d'un coup ses yeux et, en soupirant, elle fit un écran avec sa main. L'herbe crissait sous ses pieds et même ses cheveux se mirent à crépiter comme s'ils prenaient feu.

Prudemment, elle commença son tour quotidien et inspecta d'abord le hangar à bois. Il y avait là de grands tas de bûches coupées, séchant à la chaleur qui tombait du toit. Même si les arbres avaient été abattus, sciés et débités, ils n'étaient pas morts pour autant. Bien qu'ils aient un autre parfum qu'avant, plus aigu, plus doux, plus ancien. L'odeur fugitive, fortuite, de feuillage et de sève, était à l'intérieur d'eux – maintenant qu'ils étaient vraiment devenus du bois, qu'ils avaient transpiré leur humidité et étaient à présent assez durs, secs et mûrs pour se changer en feu. Lieserl s'assit sur le billot, les jambes ballantes.

Une guêpe entra par la lucarne, excitée et soûlée par l'odeur.

« Va-t'en, idiote », dit l'enfant, sévèrement, mais la guêpe était absolument hors d'elle et ne trouvait plus le chemin. C'était facile de voir qu'elle s'inquiétait. Dans un coin était posé un vieux balai de bruyère. Lieserl le saisit et entreprit de chasser l'insecte par la lucarne. Le balai était lourd et oscillait au bout de ses bras. Finalement après s'être bien fatiguée, la guêpe trouva la sortie et s'élança avec un sifflement de joie dans le ciel bleu.

Lieserl jeta le balai, essuya les gouttes de transpiration sur son front et se jucha de nouveau, jambes ballantes, sur le billot.

Sa robe se souleva, découvrant ses genoux. Qui lui parurent, ainsi ronds et brunis, tout à fait étrangers. Elle se fourra un doigt dans la bouche et dessina une luisante trace d'escargot sur la chaude peau lisse. C'était agréable et un peu inquiétant. Soudain son cœur se mit à battre, elle se pencha vivement et pressa ses lèvres sur son genou, mais le battement de cœur continua. Elle feignit d'en rire et regarda autour d'elle. Le tas de bois restait impassible, mais dès qu'elle eut le dos tourné, il se mit à se moquer d'elle. Elle sauta de son siège, sortit en courant de la remise en oubliant de refermer la porte qui battit deux ou trois fois avant de rester entrouverte. Lieserl ne jeta pas un regard en arrière. Son trouble était si grand qu'elle faillit trébucher sur la chatte jaune qui se frottait à ses jambes. Furieuse, elle lui donna un petit coup de pied en lui chuchotant : « Va-t'en, je ne t'aime pas. » Aussitôt la colère de Lieserl tomba. Honteuse, elle caressa sa fourrure claire jusqu'à ce qu'elle se mette à ronronner. Elle aimait la chatte, mais c'était un amour malheureux, car la bête jaune refusait de la comprendre et ne recherchait ses mains caressantes que pour son plaisir. Il ne serait pas venu à l'idée de la chatte de faire un pas, même minuscule, vers les autres ; cachée sous sa fourrure éclatante, derrière ses yeux verts apathiques, elle menait une vie mystérieuse qui échappait à l'enfant.

Quand le chat en eut assez, il partit sans un regard de remerciement ou d'adieu.

Comblé par la chaleur du soleil au point de s'y fondre, il disparut dans l'herbe verte, laissant la fillette à sa solitude.

Lieserl se sentit abandonnée et frissonna malgré la canicule. Comme elle n'aimait pas être seule, elle décida d'aller rendre visite aux crabes. Les crabes étaient au fond d'un bassin dans la cave et ils n'avaient rien à faire, sinon attendre la mort !

Il faisait froid et sombre sous la voûte de pierre. Le sol suintait l'humidité et Lieserl faillit glisser. Elle s'assit au bord du bassin et regarda les crabes. Ils étaient tous les cinq au fond de l'eau où pourtant on leur avait mis des galets pour qu'ils puissent s'amuser à les escalader. Mais jamais Lieserl ne les avait vus le faire. Ils préféraient rester tranquilles, seules leurs pinces s'agitaient de temps en temps, produisant des rides sur l'eau.

C'était sûr, ils savaient qu'ils allaient être un jour ébouillantés. Les bonnes en avaient assez parlé à haute voix, sans même penser que les crabes pouvaient les entendre sous l'eau. Mais ils avaient visiblement compris et ils étaient tristes.

Lieserl sentit son estomac se tordre de douleur. Elle ne pouvait rien faire pour eux. Jamais tante Sophie, qui aimait tellement les crabes, n'accepterait de les libérer. Contre le pouvoir des femmes on ne peut rien, elles coupent la tête aux poulets et aux canards, écorchent les lapins blancs et cuisent les crabes impuissants. Des idées de rébellion s'éveillèrent dans la tête de Lieserl. Elle regarda amèrement le bassin et vit monter une minuscule bulle. Les crabes pleuraient et leurs larmes s'échappaient silencieusement dans un soupir.

Elle prit une petite corbeille, plongea avec détermination la main dans l'eau et attrapa le plus petit crabe par son arrière-train. Puis elle ramena à la lumière les quatre autres prisonniers et les mit dans la corbeille. Arrivée dans la cour, elle regarda prudemment autour d'elle. Les murs scintillaient dans la lumière et toutes les jalousies étaient closes. Elle se faufila le long du mur jusqu'au ruisseau, protégeant avec son corps la corbeille des regards.

Dans la corbeille, les crabes faisaient des bruits qui ressemblaient à des pas grinçants sur un parquet de bois. « Psitt ! Restez tranquilles », dit Lieserl.

Le ruisseau était presque à sec, réduit à de petites mares marécageuses, jaunâtres. Lieserl se mit sur le ventre et fit rouler les crabes le long de la petite butte. En quelques secondes ils eurent disparu.

En principe ils pourraient à présent être heureux, mais elle se rappela les grosses femmes et se sentit abattue. Que faisait-on à une enfant qui libérait des crabes ? Jamais personne ne l'avait battue dans cette maison mais elle y percevait un danger sourd. Les coups étaient quelque chose de connu, qu'on pouvait supporter. Mais que faisaient les gens qui ne vous battaient pas ?

« Ma mère qui m'a battue, mon père qui m'a mangée... », avait lu tante Sophie dans le livre de contes, et soudain Lieserl sentit se hérisser le duvet de ses bras et de ses jambes. Elle vit les bonnes assises autour de la table de la cuisine en train de mâcher et au centre du plateau s'élevait une montagne d'osselets. Son cœur fit un bond avant de presque s'arrêter.

Alors elles vont tout simplement me manger, pensa-t-elle, en se résignant à son sort, et elle fut finalement remplie d'une grande joie qui allait des lèvres jusqu'à la pointe des pieds. Les crabes avaient atteint leurs trous. Ils étaient à l'abri et sauvés.

Chancelant un peu sous l'ardeur du soleil, elle retourna à la maison. Du salon venait le chuchotement des tantes, monotone et incompréhensible. Elle préférait échapper à leurs questions. Après l'aventure de tout à l'heure, il valait mieux se réfugier dans la bonne pièce.

La bonne pièce était au premier étage et elle était habitée par la boîte à bijoux. C'est elle qui rendait la pièce bonne. En porcelaine blanche à bords dorés et ornée de fleurs, elle côtoyait des coupes peintes dans une vitrine.

Lieserl se glissait dans cette pièce quand elle avait de la peine ou quand elle avait mal à l'estomac. Elle se mettait sur la pointe des pieds, pressait son nez contre la vitre et fixait la boîte jusqu'à ce que les bords dorés se mettent à onduler. Alors la boîte devenait vivante, seul le verre de la vitrine la séparait d'elle. La boîte voulait sortir et être tenue par des mains rondes d'enfant, mais la vitrine était fermée à clé et Lieserl ne pouvait que poser sa bouche sur la paroi de verre et lui murmurer de petits mots d'amour. Parfois il lui semblait que le verre ramollissait sous ses lèvres et une trace d'éclat doré en sourdait pour se poser tendrement sur ses joues d'enfant avant de remplir la pièce d'une chaude lumière. L'air, les rideaux et les meubles, tout baignait alors dans cette amitié dorée.

Parfois Lieserl, plongée dans son extase, s'endormait sur le tapis de la pièce, et n'était réveillée que par les voix qui la cherchaient : où tu es, où es-tu… où…

Elle appréhendait toujours de sortir dans le couloir et de se retrouver captive dans des bras frénétiques de femmes, pendant que la boîte à bijoux restait dans la chambre, toute seule dans sa prison étincelante.

La méchante pièce était au bout du couloir. On voyait au premier regard qu'elle était nulle et ennuyeuse. Les fauteuils et le canapé étaient protégés par des housses grises. À part cela, il n'y avait pas grand-chose à voir, juste un bahut, deux commodes et dans un coin un grand coffre ferré.

Quand elle entrait, Lieserl ne s'apercevait d'abord de rien. Elle s'asseyait dans un fauteuil qu'elle déplaçait pour regarder le marronnier qui poussait près de la fenêtre et, derrière lui, le ciel lumineux. Après un certain temps la chambre cessait de sourire et renonçait à son amitié hypocrite.

C'était du coffre ferré que la méchanceté de la pièce se mettait à sourdre de toute part. Ça montait jusqu'aux os et Lieserl dut relever les jambes. Mais ça ne suffisait pas longtemps car ça montait inexorablement plus haut. Elle sentait dans son dos les regards menaçants des commodes, mais elle n'osait pas se retourner car elle ne devait pas quitter le coffre des yeux. Tant qu'on gardait le regard sur lui, il ne pouvait pas s'ouvrir. Le couvercle noir restait fermé sur l'horreur qui s'échappait à travers les minces fentes et montait, montait toujours plus haut. Quand elle atteignait la poitrine de Lieserl, le ciel se décolorait derrière la fenêtre et les feuilles du marronnier s'immobilisaient comme si s'éteignait soudain le moindre souffle d'air.

Alors l'enfant sautait du fauteuil dans un effort surhumain et, la main pressée sur sa bouche, s'enfuyait dans le couloir.

Chaque fois, Lieserl se promettait de ne plus entrer dans la méchante pièce. Mais quelques jours après, elle ouvrait de nouveau la porte au bout du couloir, ne voyait qu'une pièce anodine et indifférente et le marronnier devant la fenêtre. Et, une fois de plus, elle allait s'asseoir dans un des fauteuils gris, posait son regard sur le coffre et attendait.

Un jour, dans la méchante pièce, elle découvrit le petit tabouret que quelqu'un avait placé là par inadvertance. Ses couleurs étaient pâles d'effroi et ses courtes jambes étaient toutes branlantes. Lieserl le porta dans son petit cabinet et il y était à présent, encore tout effarouché, mais il se remettait peu à peu.

Elle n'oubliait jamais de le caresser en allant au lit. Et la nuit, quand la maison était silencieuse, des choses effroyables se passaient dans la méchante pièce que le petit tabouret était seul à connaître, mais Lieserl espérait qu'il les oublierait avec le temps.

Le soleil brasillait de plus en plus jaune et même les nuits n'apportaient plus de fraîcheur. Alors commença l'époque des visiteurs. Quand tante Sophie s'était endormie et que sa tranquille respiration s'entendait à travers la porte entrouverte, ils apparaissaient. La plupart du temps, c'est l'homme-nez qui arrivait le premier, puis lorsqu'il avait abandonné l'enfant venaient les six petits hommes gris. L'homme-nez était l'ennemi de Lieserl, elle le sentait avant même de le voir. Alors, elle n'osait plus fermer les yeux, de peur qu'il ne la surprenne dans son sommeil.

Tendue, serrant ses petits poings, elle fixait le carré de la porte mais, dès qu'elle ne pouvait plus garder les yeux ouverts, il arrivait, rapide et silencieux. Chaque fois elle ratait son entrée. Soudain il se tenait au pied de son lit, abaissant sur elle ses yeux en billes de verre jaunes. Et lentement son nez pointu se mettait à grandir, devenant de plus en plus long, jusqu'à toucher sa poitrine. Il était parvenu deux fois à la prendre au dépourvu et elle s'était mise à crier en se débattant. Elle n'était revenue à elle que dans le lit de tante Sophie.

Tante Sophie affirma que l'homme-nez n'existait pas et que bien sûr elle avait tout rêvé. Elle pressa avec fougue l'enfant sur sa vaste poitrine et la berça. C'est ce qu'elle appelait « bercer dans le sommeil ». C'était tout moite dans son lit et ça sentait si fort tante Sophie que Lieserl préférait encore affronter l'homme-nez et ne pas avoir toute la nuit les joues égratignées par une tresse.

Lorsque son ennemi surgit pour la troisième fois, elle s'assit très droite sur son lit, serra les poings devant sa poitrine et, remplie de colère, attendit son attaque. De nouveau le nez pointu se mit à grandir lentement mais inexorablement. Lieserl le regarda en face, bien décidée à ne pas crier. Elle sentait clairement que ses forces s'abattaient en petites vagues sur l'homme-nez et l'affaiblissaient. Alors, elle s'agenouilla sur le lit, pressa ses mains sur sa poitrine et se jeta les yeux fermés contre l'ennemi.

Couchée sur le dos et sanglotant doucement elle regarda alors le carré de la porte. La vilaine odeur avait disparu et avec elle l'ennemi.

Un moment après, arrivèrent les six petits hommes gris, qui montèrent sur son lit et la portèrent tout autour de la chambre. Ils étaient un peu simplets, peut-être même qu'ils n'avaient pas toute leur tête, mais c'étaient de bons amis. Ils pouvaient jacasser toute la nuit sur des choses ridicules. Ainsi l'un reprenait toujours les mots d'un autre, répétait sa phrase ou débitait des sornettes. Là-dessus tous s'esclaffaient en chœur et même Lieserl ne pouvait s'empêcher de rire sous cape à de telles sottises.

Pour une raison quelconque, elle était persuadée que l'homme-nez sortait du coffre noir alors que les six bavards étaient eux envoyés par la boîte à bijoux pour la consoler et l'endormir.

Le puissant été s'estompa en un doux automne. Il finit aussi brusquement qu'il était venu et en signe d'adieu il appuya sa main brûlante sur le cœur de l'enfant.

Une vache avait avalé un clou et elle dut être abattue. Dans la maison ce n'était plus que bruit et fureur et la cuisine disparaissait dans des nuages ondoyants de vapeur. Lieserl s'enfuit de la maison et découvrit, dans la remise à côté de l'étable, le boucher en train de démembrer la vache. Sa vue éveilla chez l'enfant horreur et admiration. L'homme paraissait énorme, son tablier était raidi par le sang, qui collait aussi en sombres traînées sur ses bras poilus.

Sans voir l'enfant il plongea profondément sa main dans la masse de chair rouge. Sur sa figure sombre coulaient des perles de sueur et il sembla à Lieserl si fort et si fier qu'elle en eut le souffle coupé.

Par terre, dans un coin, gisait la peau de la vache comme un paquet sans vie et dans le bac jaune s'entassaient des morceaux de viande. L'odeur douceâtre paralysait son cerveau. Elle aurait voulu s'enfuir mais le désir de voir le gros boucher était trop fort. Elle aurait voulu toucher son tablier ensanglanté, le respirer et sentir la chaleur qui rayonnait de lui.

Sans pouvoir s'en empêcher elle s'avança en pataugeant dans les petites mares de sang et elle tendait déjà la main vers ses vêtements quand soudain il se pencha très bas sur elle. Elle vit son gros visage luisant au-dessus du sien, son sourire étrangement familier, puis son regard tomba sur le couteau ruisselant dans sa main d'où gouttait le sang sombre. Alors quelque chose se tendit dans sa poitrine avant d'éclater et, avec un petit cri, elle s'élança hors de la remise, poursuivie par le rire sonore du boucher.

Elle fut toute la journée troublée et nerveuse, riant jusqu'à ce que le rire se transforme en pleurs, qu'un soufflet de tante Sophie la calme et qu'elle s'endorme sur le canapé.

Cette nuit-là les six bavards ne cessèrent de parler de sang. Lieserl n'arrivait pas à comprendre le sens de leurs paroles. Elles tournaient, semblait-il, autour d'une vache qui devait être abattue, mais il lui vint peu à peu le soupçon qu'il était question d'un grand boucher et de son couteau bleuâtre.

Elle ne le sait pas, disait le premier bavard, Psitt, psitt, sifflait le deuxième, ne le sait pas, ne le sait pas. Tu parles de la vache ? demanda le troisième, sur un ton mielleux, en déclenchant un long ricanement et, dans son lit, Lieserl en fut toute secouée. Elle pointa l'oreille, mais la conversation se poursuivit sous son lit en un bavardage sans queue ni tête et elle finit par s'endormir.

Le lendemain matin, il pleuvait et tante Sophie affirma qu'il y avait eu un terrible orage et que c'était pour ça que Lieserl n'arrivait pas à se réveiller.

Pour la première fois depuis des semaines, un air froid et rafraîchissant arrivait de la fenêtre et l'enfant dut mettre des souliers.

Après le déjeuner, elle se glissa dans l'étable à la recherche du grand boucher. Mais elle ne découvrit aucune trace de lui. Elle en fut soulagée et profondément déçue. Elle pensa à ses bras ensanglantés et à son rire, et elle n'arrivait pas à réaliser qu'il ne fût plus là.

Ce jour-là, elle fut incapable d'avaler la moindre goutte de lait au goûter. Elle préféra jouer avec les chiens et refusa de s'intéresser aux livres d'images. Elle ne pouvait pas supporter les corps mous des femmes et s'échappait de leurs bras ronds. Toutes dirent que c'était à cause du mauvais temps. Ce n'était pourtant pas la pluie. Elle sentait une horrible oppression dans sa gorge qui l'empêchait d'avaler.

Finalement elle se réfugia dans sa chambre, s'assit sur son tabouret pâlichon et posa la tête sur le bord du lit.

La boule dans sa gorge monta plus haut et les larmes lui vinrent aux yeux. Les dents plantées dans le bord du lit elle se mit à sangloter jusqu'à l'épuisement. Mais le sentiment de soulagement que cela lui apportait d'habitude ne vint pas. Elle leva la tête et vit qu'elle était seule. Elle en fut tellement effrayée que, sur-le-champ, elle l'oublia à nouveau.

3

Betty laissa retomber la photo. C'était comme si elle avait fait une découverte et qu'elle était sur les traces d'un secret. Elle ferma les yeux et tenta de suivre la piste fragile. Mais son effort fut vain. Résignée, elle décida de mettre la boîte de côté et de laisser en paix les vieilles histoires. Elle n'avait cependant jamais été capable de reculer devant un danger et rien au monde n'aurait pu l'empêcher de se lancer dans une aventure. Aussi, avant même d'aller au bout de sa pensée, elle saisit la carte suivante.

Un groupe de petites filles maigres se tenait devant un mur jaune et fixait l'objectif d'un regard timide. Une des enfants était désignée par un × mais le pâle visage rebelle avait peu de ressemblance avec la petite Elisabeth de son souvenir. La photo était datée du 04/01/1918. Il y était écrit en dessous qu'Elisabeth allait bien, et qu'elle priait chaque jour pour un heureux retour au foyer de son père. Cette formule était de sœur Martha et se trouvait sur toutes les photos et sur toutes les lettres que la fillette avait envoyées à la maison.

Le vent fit soudain s'envoler le rideau et son souffle froid balaya le lit de Betty. À nouveau, elle eut le sentiment qu'il aurait été plus intelligent de repousser les photos et d'éteindre la lumière, mais c'était trop tard. Les images s'étaient levées et avaient commencé leur vie fantomatique. Betty se laissa tomber sur les oreillers et ferma les yeux.

Tes ongles ne sont pas propres. Retourne dans le dortoir, Elisabeth.

À nouveau surgit le feu devant les yeux, une incandescence dans la poitrine et l'irrésistible envie de frapper. La voix de l'enfant qui devint stridente : « Et moi, je veux être sale, je veux être mauvaise, laissez-moi, allez-vous-en, allez-vous-en », et ensuite la parole qui se figea en voyant la petite nonne tomber sur la chaise comme si ses jambes ne la portaient plus.

La fillette de dix ans s'aperçut alors que ce n'était que sœur Martha qui se tenait devant elle, rien de maléfique, rien de ce qu'on aurait voulu frapper et mordre. La pitié et le désespoir la submergèrent. Jamais elle n'arriverait à atteindre et à tenir en échec l'ennemi qui la torturait et l'outrageait. Car brusquement il avait disparu et c'était la pauvre sœur Martha qui se tenait devant elle ou bien les enfants qui la regardaient avec des yeux ronds comme si elle était une bête sauvage.

La honte la submergea, elle enfonça les poings dans ses yeux et crut étouffer dans des sanglots éperdus.

« Mais mon enfant, murmura la nonne toujours sans voix, ce n'est pas toi, c'est le mal qui sort de ta bouche. Viens, allons prier. »

Elle se releva, encore toute tremblante et prit le bras de l'enfant, comme si elle avait peur que la petite main mouillée de larmes ne s'accroche aux plis de son voile.

Vite elle l'entraîna, captive et sans résistance, dans le chœur de l'église. Agenouillée à côté de la sœur, Elisabeth écoutait chuchoter avec ferveur, « Seigneur, aie pitié de nous… et délivre-nous du mal ».

Elisabeth était incapable de prier. Il lui fallait d'abord comprendre où le mal pouvait se loger en elle, dans sa tête, dans sa poitrine, ou peut-être dans ses jambes. Et à quoi il ressemblait ? À un grand cloporte gris ou à une araignée répugnante ? L'idée d'avoir en elle un tel monstre la remplissait de dégoût. Et comment le Seigneur pourrait-il l'extirper d'elle. Et, surtout, comment était-il entré ? Sûrement pendant son sommeil, par la bouche. Le soir, elle serrait les lèvres, mais qui sait, elle avait pu oublier une fois et le mal s'était introduit en elle en rampant. Si le Seigneur voulait bien le chasser à présent, ce serait un grand cadeau. Sœur Martha en tomberait dans les pommes et le monstre se réfugierait dans l'orgue.

Le plus simple serait bien sûr que le mal la quitte pendant la nuit, quand elle dormait. Mais où irait-il ensuite ? Le Seigneur l'avait rejeté et plus personne ne voulait le recevoir. À peine avait-il trouvé une place chaude dans une enfant pas sage qu'il en était chassé par la prière. Et même s'il était mauvais, et même s'il était un monstre, il fallait bien que quelqu'un s'occupe de lui.

« Priez pour nous pauvres pécheurs », murmurait sœur Martha. Les pensées d'Elisabeth s'égaillèrent à nouveau. Pourquoi ne pas placer une petite corbeille sous le lit avec de la paille et, chaque jour, y mettre pour lui un morceau de pain. Peut-être qu'il deviendrait meilleur, se conduirait bien et un jour trouverait grâce devant le Seigneur. Et elle, Elisabeth, serait alors quelqu'un de très important qui prendrait place à côté des quatre évangélistes.

Mais le château de cartes s'effondra, car elle se rappela que le mal était un esprit, un esprit sans le moindre corps, pas même de la taille d'une puce. Elle perdit soudain tout intérêt pour lui et se sentit très fatiguée. La haine était partie et le remords lui-même pâlissait. Oh, l'agréable vide dans la tête, les doux battements dans la poitrine, encore un dernier soupir larmoyant puis la tête, lentement, tombait sur les bras, mais dans son sommeil s'égrenaient encore les prières de sœur Martha.

Parfois Elisabeth essayait de réfléchir à ce qu'elle vivait, mais c'étaient toujours des événements incohérents qui lui venaient en tête. Elle n'arrivait pas à embrasser sa situation du regard et se perdait dans de sombres conjectures. Chaque fois il en ressortait que sa vie, qui avait été agréable, était brusquement devenue une suite de désagréments.

Elle rechignait à se lever à six heures et, ivre de sommeil, à aller chanter dans l'église. Elle n'aimait pas le café amer et elle était habituée à parler n'importe quand et pas seulement à certaines heures. Mais plus que tout elle détestait l'eau glacée pour se laver, les tresses trop serrées et le froid.

Toute la journée, elle frissonnait en pensant au lit gelé où elle ne parvenait pas à se réchauffer. Alors, presque écrasée par la couette glacée et humide, elle sentait son désespoir grandir de minute en minute jusqu'à ce qu'elle enfouisse son visage dans l'oreiller pour pleurer. Betty avait l'impression que les nuits si froides de son enfance avaient laissé en elle un petit noyau de glace que personne désormais ne pouvait faire fondre, car il aurait fallu pour cela un degré de chaleur et d'amour inhumains. Elle ressentait encore le désespoir de la fillette de dix ans qui n'avait jamais imaginé l'enfer cerné de flammes mais glacé.

Entre les sanglots dans l'oreiller et la voix, épuisée par les veilles, de sœur Martha : « Au nom de Jésus élève... vers toi... Oh Dieu, éveille mon cœur », il ne s'était pas passé une seconde. Elisabeth était persuadée qu'elle n'avait pas dormi un seul instant et chaque fois elle s'étonnait qu'un être puisse vivre ainsi sans sommeil. Dans un effort surhumain, elle attrapait avec des mains gourdes ses sous-vêtements sur le tabouret et s'habillait sous la couette.

Certes les sœurs n'étaient pas sans cœur, elles se montraient bienveillantes pour autant que cela ne contrariait pas le règlement et il leur arrivait de penser que le diable n'était pas fourré dans Elisabeth mais qu'elle était tout simplement sous-alimentée, anémique et, de ce fait, somnolente. Le coût de la guerre était lourd et on ne pouvait rien faire contre cela, cependant surgissait parfois une bouteille de vin fortifiant destinée à l'enfant. Cela lui donnait pour quelques heures une légère ivresse et des joues rouges, mais cette médecine ne paraissait pas agir sur l'humeur d'Elisabeth et sœur Martha réitérait ses petites punitions détestées comme : « Privée de récréation, allez au coin, et période de silence prolongée. »

C'est en classe qu'Elisabeth passait les meilleures heures de la journée. Là, il faisait un peu moins froid et c'était un peu plus amical. Pourtant elle refusait d'oublier son désespoir. Rien n'était plus excitant que d'observer les professeurs : elle ne savait pas vraiment ce qu'elle devait attendre d'eux. Elle avait souvent envie de se lever, de quitter son pupitre et d'aller voir de près ces êtres mystérieux, de tâter le tissu de leur vêtement, de les flairer ou de toucher leur main. Mais elle savait bien sûr qu'un enfant bien élevé ne doit pas transgresser les règles. Elle en gardait cependant une curiosité ardente et un désir inassouvi.

Elle voulait tout savoir, tout entendre, tout voir et tout connaître. Elle s'était assise au premier rang pour être proche de la source du savoir et aimait passionnément apprendre. Éperdue devant tant de nouveautés, elle émergeait à midi, les oreilles brûlantes, de ce monde qui était pour elle un prolongement des gros livres de contes. Mais à peine était-elle dans le couloir que déjà l'insécurité revenait.

Et en effet, Elisabeth était une créature extrêmement condamnable.

Elle était voûtée, marchait les pieds en dedans, avait ses bas tournés et quand elle arrivait à conserver son col droit et propre, les poches de sa blouse étaient certainement arrachées. Et comme par un mauvais sort, les vilaines taches d'encre se multipliaient. En plus elle devait veiller à ne pas balancer les bras, à ne pas siffler, à ne jamais courir mais à poser sagement un pied devant l'autre et à baisser les yeux lorsqu'on la grondait.

Peu à peu, elle se mit à se sentir perpétuellement en faute. Elle ne savait pas vraiment ce qu'elle avait fait de mal mais ce sentiment permanent de culpabilité l'accablait. Pendant un certain temps, elle essaya de s'en libérer en allant aussi souvent que possible à confesse. Mais cela ne lui apportait qu'un soulagement momentané. Elle n'avait pas quitté le confessionnal, encore tout à la joie de son nouvel angélisme, que déjà des pensées et des idées franchement choquantes l'envahissaient. Par exemple, était-il vrai que la mère supérieure portait six jupons au lieu de quatre. Alors elle s'efforçait de ne penser à rien puisque les pensées la rendaient si mauvaise, alors que, sans elles, elle aurait été une enfant sage et bien élevée.

Jamais elle ne réussit à conserver cet état d'agréable niaiserie plus de cinq minutes. Après quoi toutes les digues étaient rompues et les bonnes résolutions oubliées.

Mais après six mois, elle cessa de se faire si désespérément du souci. Seuls lui restèrent un sentiment de tristesse et une légère pression permanente dans la poitrine. Ce qui montrait bien que, même avec la meilleure volonté, elle n'arriverait pas à devenir une enfant sage et qu'elle resterait vilaine, paresseuse, coléreuse, débraillée et sans cesse révoltée contre elle-même et contre le monde.

Pourtant subsistait encore la peur de INRI. Il était suspendu, pendait au mur du couvent et abaissait Son regard sur elle quand elle allait dans le dortoir et Il savait qu'elle Le trouvait affreux et n'aimait pas Le regarder.

Et pourtant elle était obligée de voir INRI tous les jours ou, plus exactement, d'avoir Ses souffrances devant les yeux et de ne pas les oublier. Mais même quand elle s'y efforçait, en elle se mêlait à la pitié une terrible révolte contre Ses bras disloqués, Son cœur ensanglanté et la raide couronne d'épines. Dès qu'elle se représentait Son image, ses prières devenaient hypocrites.

Une nuit, elle fut prise de nausées et elle dut courir vomir aux toilettes. Quand elle se sentit un peu mieux, elle entendit soudain des pas étouffés dans le couloir. Son cœur s'arrêta presque d'effroi car c'était évident : Il était descendu de Sa croix et l'attendait.

Lui revint alors une histoire insensée, celle d'un enfant à qui, après une communion impure, une main invisible avait arraché la tête. C'était bien sûr un mensonge stupide, même la sœur l'avait reconnu, car Il était le bien et la justice. Mais dans le recoin le plus sombre de son cœur elle croyait à l'abomination et elle était persuadée que c'était ce qui l'attendait.

Elle s'accroupit alors sur le sol de pierre et écouta en pressant l'oreille contre la porte. Les pas s'approchèrent, s'éloignèrent, puis revinrent à nouveau. À l'idée que Son grand corps sanglant l'attendait dans le couloir, elle faillit s'évanouir de terreur. Longtemps, elle resta accroupie ainsi, guettant les pas s'élevant et s'abaissant tap... tap... tap...

Soudain elle comprit que le petit loquet ne saurait être pour Lui un obstacle et elle comprit qu'Il attendait qu'elle se montre de son propre gré. Elle se leva, essuya la sueur froide sur son front et, en retenant son souffle, ouvrit la porte.

Les pas s'approchèrent.

Elle respira profondément et, toute tremblante, sortit dans le couloir. Il s'étendait, vide sous la froide clarté de la lune et Lui pendait à sa place et souffrait. Mais les pas n'avaient pas cessé et Elisabeth découvrit alors que c'était un robinet qui gouttait. Elle le ferma et, évitant de regarder autour d'elle, retourna dans le dortoir. Mais comment pouvait-on chanter ces cantiques pleins d'amour, de bonté et de tendresse, alors qu'Il pendait au mur et ne voulait pas cesser de souffrir.

Elisabeth était prête à aimer l'Enfant Jésus mais elle n'avait pas appris qu'il était un et même Dieu. Elle aimait tous les Enfants Jésus qui, de Noël à la Chandeleur, se tenaient dans les niches des couloirs, mais celui qu'elle préférait était l'Enfant du couvent. Il n'avait pas des boucles dorées comme les autres. Les siennes étaient noires et il avait des yeux d'oiseau cuivrés et rusés. Son sourire aussi était malicieux et il savait très bien qu'il avait rendez-vous avec la fillette.

Elisabeth aurait voulu l'enlever de sa crèche et l'emmener dans son lit ou dans un coin sombre pour pouvoir jouer avec lui sans être dérangée. Mais il était si vieux et si fragile, et puis sa poitrine nue était toute fendillée. D'ailleurs c'était certainement un péché de jouer avec l'Enfant Jésus comme avec une poupée.

Mais elle fut toujours persuadée qu'il s'ennuyait tout seul sur ce petit autel obscur et qu'il attendait qu'elle, Elisabeth, vienne le chercher.

« Dis quelque chose », lui chuchotait-elle, captivée, en fixant les lèvres de cire rouge pâle. Parfois la petite bouche frémissait et la rigidité cireuse s'amollissait un instant. Mais l'Enfant Jésus ne répondait jamais.

Pendant huit années, Elisabeth le regarda attendre dans sa niche à Noël et, même devenue une grande fille, elle ne put jamais passer devant lui sans effleurer ses boucles noires ou tapoter doucement sa poitrine de cire.

Il y avait bien d'autres Enfants Jésus durant ces journées, des rococo, des bruns, certains avec des cheveux dorés ou des boucles blanches, souriants, sérieux, allongés dans les crèches, debout dans des vitrines de verre, en robe dorée brodée de perles, le globe bleu du monde dans la petite main.

On pouvait passer des heures à aller les visiter, à leur donner à chacun un peu d'amour et de tendresse avec toujours ce pincement au cœur de ne pas pouvoir les voler et les emporter dans un lieu secret où ils n'auraient souri qu'à Elisabeth.

Entre ces enfants de cire et le grand Christ en croix il n'y avait pas le moindre rapport. Une obscurité s'élargissait entre eux, à travers laquelle on devait aller tout à fait seul, abandonnant les doux visages de cire, pour aller vers la peur et l'attente d'un effroi inconnu.

Betty ferma les yeux et regarda le plafond. Les ombres zigzagantes des papillons de nuit se livraient à une danse fantomatique. Comme autrefois quand elle était allongée à l'infirmerie.

Sœur Gertrude l'enveloppait dans des linges humides, mais Elisabeth n'avait pas le temps de s'en soucier. Sur le toit se dessinait un fin réseau de fentes noires qui se transformait sans arrêt pour former de nouvelles figures. Elle avala machinalement l'infusion de tilleul que lui tendait la sœur, un peu agacée qu'on l'importune au moment où la danse des petits boucs tournait à la bagarre. Elle ne put s'empêcher d'éclater de rire et entendit sœur Gertrude soupirer, puis arriva le dragon qui avala tous les petits boucs, ce qui était triste, mais le dragon à son tour fut avalé par un bois sombre dans lequel soufflait un vent chaud.

Elisabeth sentit que ce vent s'abattait sur elle et sifflait à ses oreilles ; alors elle sut qu'elle allait mourir et que ce n'était pas en l'enveloppant de linges humides qu'on pouvait la sauver. Elle cria : « Maman, maman », mais le vent chaud lui renfonça les mots dans la gorge pour l'étouffer.

« Il faut que tu dormes », redit la sœur. Mais comment pouvait-elle dormir quand l'oiseau de paradis volait dans le ciel blanc et laissait tomber sa meule juste sur son lit ? Elle la reçut, vlan, en pleine poitrine où elle resta, l'oppressant pitoyablement.

Et le monde se transforma. Émergèrent du plafond des visages hideux, la menaçante main griffue puis l'araignée qui dans un coin torturait une mouche.

Elisabeth se mit à sangloter de peur et de dégoût, mais la main froide se posa sur son front et une voix dit : « Ça va déjà mieux, beaucoup mieux... »

Alors le plafond redevint blanc et lisse, s'obscurcit brusquement et Elisabeth s'endormit. Personne ne savait d'où était venue cette fièvre soudaine, mais elle-même la trouva normale et naturelle. Lorsque trop de colère, de révolte et de mal du pays l'envahissait, cela ressortait en fièvre. Et ça devait bien être ça car, après, elle se sentit faible, vide et patiente et repoussa toutes les tentations. Mais dès qu'elle fut plus forte, le diable revint et elle retomba en son pouvoir.

Au printemps, quand tous les parfums renaissaient et lui montaient à la tête, elle était prise d'une grande tristesse.

Et lorsqu'en été l'herbe était fauchée dans le parc et que l'odeur entêtante du foin séché envahissait les allées, elle restait assise pendant des heures, les yeux ouverts sur ses cahiers sans les voir et sans être capable de penser. Tout parfum, tout bruit déclenchait en elle des milliers de petites excitations très douces qui la laissaient tremblante jusqu'à ce qu'elle cède enfin à la pression et laisse le monde la pénétrer.

Elle cessait alors d'être Elisabeth mais ignorait qui elle était. Tout était transformé et elle se retrouvait arrachée à ce qui lui avait été familier. La tresse brillante de la fillette assise devant elle, vue cent fois et reconnaissable comme tresse, pouvait alors l'effrayer à mort ; une main, un reflet dans la vitre, la gomme, devenaient angoissants, se détachaient de l'ensemble et étaient là devant elle, étrangers et d'une inquiétante séduction.

Ces états ne duraient jamais longtemps mais pouvaient engendrer un instant de sidération pendant lequel plus rien ne pouvait l'atteindre.

« Tu vois, disait la sœur, tu peux aussi être une gentille petite fille », et Elisabeth regardait sans comprendre la blanche surface, aux bizarres trous, bosses et cheveux, qui avait été un visage et qui le redeviendrait dans quelques minutes.

Durant cette période, elle avait le plus grand mal à suivre les cours. Elle était incapable de fixer ses pensées et les mots les plus simples lui devenaient soudain si étrangers qu'elle n'osait pas les écrire sur son cahier. Une mouche sur sa main pouvait faire monter des larmes d'effroi.

Quand ensuite elle se réveillait et que ce qui l'entourait recouvrait son ancien visage elle respirait de soulagement et redevenait l'enfant curieuse et éveillée qu'elle avait toujours été. Un sentiment de sécurité montait de ses cahiers et de ses livres. C'était le monde où tout était à sa place. Comme un voile immaculé, il reposait sur son âme, qu'elle se représentait comme une sphère. Exactement comme la Terre dont elle avait entendu dire en géographie que seule sa croûte extérieure était solide et sûre, alors qu'à l'intérieur tout était en fusion et prêt à exploser. Et pareils à la sauvage poussée terrestre qui jaillit parfois des volcans, les larmes, les cris et les jurons jaillissaient de temps en temps d'Elisabeth. Puis tout retrouvait son calme. La masse en fusion était retombée, et il n'en restait plus qu'un bouillonnement et un grésillement étouffé.

Il lui était difficile de croire que sa petite âme-terre toute ronde puisse contenir les ténèbres insondables, la démesure et le monstrueux et tous les péchés mortels. Alors que se déployait sur elle le voile sans plis de l'éducation, de la prière et des cahiers bleus.

Dans ses rêves, quand Elisabeth n'était pas sur ses gardes, les monstres montaient des profondeurs et rongeaient désespérément les murs lisses, mais chaque fois, juste avant d'être dévorée, la rêveuse se réveillait et les prisonniers retournaient impuissants dans le puits ténébreux.

Le dortoir était silencieux. La lune éclairait les lits blancs et, de son mur, saint Louis de Gonzague baissait les yeux en souriant sur le calice du lys dans sa main. Elisabeth ne l'appréciait pas beaucoup parce que, bizarrement, il n'avait pas de considération pour sa mère, mais on ne pouvait nier qu'il était beau et que sa vue l'apaisait après l'effroi d'un rêve.

Elle aimait ses yeux baissés couleur marron, ses joues tendrement creuses et sa bouche gonflée de gamin. Quand elle venait au dortoir dans la journée, elle grimpait parfois sur un lit et caressait prudemment les joues pâles et vernies du saint. Elle savait qu'il n'aimait pas ça et elle en ressentait une joie mauvaise jusqu'au bout de ses doigts car, même si elle les posait sur sa bouche, il ne pouvait rien faire sinon regarder, impuissant, dans le calice du lys.

Elle savait parfaitement qu'elle commettait une faute, en particulier parce qu'elle était montée sur la couverture blanche du lit avec ses souliers.

Cependant, un soupçon d'ordre pénétrait peu à peu dans sa vie. Le monde se mit à se partager en amis et en ennemis. Cela commença par les choses. Elle percevait clairement cela dans les bruissements, les courants d'air et les frémissements qui la frôlaient. Parfois, pendant un bref instant, elle parvenait à circonvenir un ennemi, mais c'était rare : qui n'était pas immédiatement son ami ne le devenait jamais.

Saint Judas Thaddée, par exemple, ne l'aimait pas. Il ne montrait pas son hostilité ouvertement, mais on ne pouvait l'ignorer. Comme elle devait passer tous les jours devant lui elle essayait de se le concilier par une extrême politesse et de petits cadeaux, qu'il acceptait sans changer d'attitude pour autant.

Elle savait d'ailleurs qu'il avait raison de rester méfiant, et son intelligence incorruptible l'agaçait. La sainte mère Anna en revanche n'était pas intelligente, elle gobait naïvement chaque parole et Elisabeth avait honte devant le doux regard de ses petits yeux ronds un peu sots.

Dans l'étroit corridor qui menait à l'église, il y avait un vieux paravent peint. Il semblait n'avoir pas été nettoyé depuis cent ans et on ne reconnaissait rien sinon une femme nue avec une cuisse trop longue qui sortait d'un minuscule tonneau, et un sein plus dévoilé par le bras gauche que couvert.

Elisabeth trouvait ridicule que la femme, avec sa longue chevelure déployée fasse comme si elle venait de prendre un bain dans ce petit baquet. En plus, ses sombres yeux obliques, pleins de méchanceté, lui jetaient un regard noir tout en fixant quelque chose qu'Elisabeth ne pouvait voir, juste derrière sa tête.

Et chaque fois, elle ne pouvait s'empêcher de regarder autour d'elle, mais il n'y avait rien de plus que la tapisserie déchirée. Le sombre paravent, comme un fidèle et funeste serviteur de la méchante baigneuse, faisait un croche-pied avec sa jambe noire à Elisabeth et la forçait à s'arrêter.

Il fallait accepter le défi. Aussi Elisabeth s'habitua à tirer la langue à la femme nue quand elle passait devant elle. Alors qu'auparavant, elle l'ignorait avec dédain comme une chose aveugle et privée de volonté.

Du reste, ce que la baigneuse faisait si près de l'église restait inexplicable, ce qui pour n'importe qui d'autre aurait été un affreux péché. Mais Elisabeth ne pouvait pourtant pas interroger les sœurs, car ce genre de questions n'était pas de mise. D'ailleurs elle avait découvert depuis longtemps que jamais les adultes ne répondaient vraiment aux questions. Mieux valait faire ses propres expériences. Si elle ne comprenait pas tout de suite quelque chose, un éclair de savoir la frappait toujours.

Betty se pencha sur le visage d'enfant bouleversé et fermé devant le mur jaune et il lui semblait que tout ce dont elle se souvenait ne lui était pas arrivé à elle mais à une petite fille étrangère qu'elle avait connue un certain temps puis qui, un jour, avait disparu et dont elle n'avait plus jamais entendu parler. Elle ne comprenait que maintenant à quelle tempête d'impressions cette enfant avait été exposée et elle était étonnée qu'une force si mince et si faible ait pu affronter une telle tempête sans jamais avoir été vraiment détruite.

Elle repoussa une mèche de son front et se dit que ces vieilles histoires ne la faisaient pas sourire. Il n'y avait d'ailleurs pas à en sourire, il s'agissait de vie et de mort. Impossible d'exercer son ironie sur des enfants. L'enfance n'est pas douce et idyllique, mais le rude champ de bataille de combats amers sous le masque de joues roses, d'yeux ronds et de lèvres innocentes. Et ces combats étaient si mortels que la plupart des gens cherchaient à les oublier à tout prix et préféraient croire qu'après des années de jeux superficiels et de larmes vite essuyées on entrait alors dans la vraie vie. Et ces gens, pensait Betty, étaient plus heureux que ceux qui se souviennent et ont sans cesse le sentiment d'une légère imperfection, comme si leur chagrin n'était pas assez authentique, l'amour un peu fade et ne voyaient dans tout ça qu'une pièce de théâtre qu'ils avaient déjà vue beaucoup mieux jouée.

« J'ai eu un très bien pour ma dissertation de français », lut Betty sur la carte postale et « Hier, nous sommes allées nous promener dans la forêt. Envoie-moi, s'il te plaît, mes souliers noirs car il commence à faire chaud ».

Les doigts de pied de Betty se crispèrent en pensant à l'horreur de la petite Elisabeth pour les chaussures.

En hiver les pensionnaires portaient des bottines noires à lacets, en été des souliers noirs, et seulement en vacances des sandales dont Elisabeth rêvait toute l'année. Les étroits pieds d'enfant, toujours pleins d'ampoules et de cals, étaient torturés par le cuir raide, et ce mal-être irradiait jusqu'au cerveau. Elisabeth en vint à plaindre son corps. Il détestait tant de choses : les bas et les gilets de laine qui grattaient, les robes noires rugueuses aux épaules et aux bras, les jupes trop larges et les sous-vêtements trop lâches, les cols étroits qui serraient les cous délicats, la mauvaise nourriture, le froid et les innombrables mauvaises odeurs.

Le nez et l'estomac étaient liés et quand le premier était malade, le second se tordait douloureusement. Toutes les parties du corps avaient des liaisons secrètes qu'elle se représentait à peu près comme des connexions électriques. C'était pénible et ennuyeux. Le corps peu soigné et mal à l'aise dans des vêtements inconfortables devient maussade et lourd. Elisabeth se réjouissait toujours du bain hebdomadaire qu'elle prenait derrière des rideaux blancs dans une bassine de zinc. Cependant elle devait garder sa chemise pour ne pas voir son propre corps. Parfois, quand sœur Rosina était à l'autre bout de la salle de bains et qu'il n'y avait aucun risque que son visage entouré de buée apparaisse soudain entre les rideaux, Elisabeth retirait sa chemise et se laissait aller à la douce chaleur stagnante. Elle aurait voulu rester là éternellement à somnoler, loin des bas de laine qui grattaient. Son mince corps d'enfant nacré reposait dans l'eau, parcouru de délicates veines bleues. Elle l'observait avec curiosité, consciente de commettre un péché, car ce corps coupable ne devait pas être vu.

Elle ressentait alors une pitié secrète et de la tendresse pour cet exclu et caressait du bout des doigts le pli intérieur de ses coudes. Elle en avait le cœur serré, mais elle n'avait pas l'idée de chercher son désarroi autre part qu'en elle.

Les premiers mois à l'internat, Elisabeth les passa comme quelqu'un qu'on aurait brutalement jeté à l'eau et qui n'avait plus qu'à nager s'il voulait sauver sa peau, sans même regarder autour de lui tant était grande l'angoisse de mourir. Ce n'est que très lentement qu'elle réussit à mettre un peu d'ordre dans le chaos de ses émotions. Ces efforts, couronnés d'un piètre succès, devaient l'occuper toute une année.

Il lui arrivait parfois de trouver une île dans le torrent des apparences et, un instant, d'échapper à ce qui l'entourait. Elle découvrait alors les différents cercles dans lesquels sa vie était à présent insérée : le cercle de l'école, les devoirs religieux et moraux, la mer inexorable des désagréments quotidiens, les altercations avec les nonnes et les exigences qu'impliquait la vie avec des enfants du même âge. Tous ces cercles se recoupaient et se mettaient mutuellement en question. Lorsqu'Elisabeth croyait avoir gagné un peu de hauteur de vue, soudain se dressait devant elle la vague du mal du pays qui menaçait de l'engloutir.

Quelle représentation du monde l'enfant aurait-elle pu avoir sinon celle d'une forêt vierge remplie de chausse-trapes, de pièges à renard et de silhouettes menaçantes qui se dissimulaient derrière des buissons impénétrables. Et c'est à travers ce labyrinthe qu'une petite créature tentait de se frayer son propre chemin. Mais elle n'avait que ses mains nues et ne pouvait donc avancer.

Elisabeth fit des découvertes, elle finit par comprendre que si mentir était un péché, la vérité vous rendait impopulaire. Sa connaissance de la bienveillance ou de l'hostilité des choses s'étendit aux hommes. Forte de la croyance enfantine en la sainteté des adultes, la moindre injustice éveillait sa colère. Elle était capable pendant le cours de poser la tête sur son pupitre et de se mettre à sangloter de désespoir parce qu'une fille avait été, selon elle, trop sévèrement punie. Le doute mortel de la bonté, de l'impartialité et de la sagesse des adultes, ajouté au doute de la grandeur et du pouvoir de Dieu le Père, commença à germer dans son cœur.

Mais après une période de révolte ouverte, Elisabeth comprit que, malgré ses éclats de colère, ses larmes de rage et ses petits poings, elle n'était pas de force à mener ce combat. Elle finit par renoncer à s'insurger, dégoûtée par le processus qui aboutissait toujours au même résultat. Ses fréquents accès de colère devinrent plus rares et elle récolta les louanges ravies des nonnes pour ses progrès sur le chemin de la sagesse. Mais elle savait qu'elle était lâche et qu'elle n'aurait jamais dû, sous aucun prétexte, céder.

Dans ses rêves, le monstre prit le dessus et, après un sauvage combat et une grande détresse, elle se réveilla un matin vide et vaincue.

La première année elle aima les nonnes ou certaines filles à peu près comme un entomologiste aime les cafards qu'il classe dans sa collection.

Sa tendresse allait toujours aux choses, surtout au mûrier de la cour, qu'elle caressait à la dérobée pendant la récréation. Il était lié à son ancien monde rempli de bonnes et de méchantes pierres, d'arbres et de fleurs. La main sur l'écorce lisse, elle percevait la trace d'un ordre perdu et en tirait une consolation.

Même le martyr de la chapelle, elle l'aimait bien. Il était allongé dans une vitrine sur un coussin pourpre, une couronne poussiéreuse sur l'os de son crâne, ses fines mains pâles croisées sur la poitrine. Il avait un nom imprononçable qui l'avait déterminée à lui dire simplement : Tu. Pendant la bénédiction elle avait soin de s'agenouiller près de lui. Il éveillait en elle des pensées sèches, froides et honnêtes et lui rappelait la coquille blanche d'un escargot avec laquelle elle aimait jouer.

Hélas le martyr était gris et poussiéreux, et Elisabeth avait envie de le sortir de son cercueil de verre pour le nettoyer à fond, le laver, le sécher puis le recoucher.

Naturellement on ne le lui aurait pas permis. Aussi, leur relation se limitait aux échanges verbaux à travers la vitre et parfois elle faisait le vœu que la gloire de son ami déteigne sur elle. Pendant les longues prières, il lui arrivait de compter ses dents ou de calculer le nombre de perles pâlies prises dans les broderies de ses vêtements moisis.

En regardant la photo suivante, Betty ne put s'empêcher de rire. Elle montrait en effet une Elisabeth de treize ans déguisée en Mère de Dieu sur la scène de la congrégation. Il semblait qu'après avoir affublé la gamine d'une perruque noire, on lui avait dit de contempler gracieusement ses doigts tachés d'encre. Elle se rappelait parfaitement la gêne d'Elisabeth en sentant sa tunique bleue ondoyante se glisser toujours là où elle n'avait rien à faire.

Son rôle n'était pas avare de nobles paroles convenues, lesquelles, malgré ses efforts, devenaient presque inaudibles sur ses lèvres. Cela n'avait pourtant pas été un échec car personne ne s'en était aperçu. Et quand la mère supérieure avait sorti les mains de ses larges manches noires et les avait jointes ostensiblement, tout le monde avait applaudi avec enthousiasme. La mère supérieure faisait d'ailleurs ça en toutes circonstances car c'était son devoir.

Elisabeth ne l'avait sérieusement fâchée qu'une seule fois, durant une veillée de Noël où, incarnant l'ange de la crèche, elle avait ouvertement bâillé au nez du noir Melchior et ce cinq fois de suite. Melchior avait rougi sous son maquillage noir et pendant un long moment on avait pu craindre qu'il n'explosât de colère. Mais ce danger avait été écarté, les deux chanoines avaient souri sur leur siège et la mère supérieure avait poussé un soupir de soulagement. Dès lors, du plus loin qu'elle apercevait Elisabeth, elle secouait sa tête voilée, d'un air chagrin, pour bien montrer qu'elle regrettait toujours ses faiblesses pour elle.

Ce genre de choses répréhensibles lui arrivait souvent. La vue d'Absalon suspendu à la branche par sa tignasse ou de saint Pierre levant son épée en tenant l'oreille de Malchus la faisait rire, ce qui fâchait les chanoines sur leur cathèdre qui n'y voyaient rien de ridicule. C'était presque impossible d'exprimer au moment opportun la bonne sensation, car votre interlocuteur n'avait jamais le même avis sur cette sensation que vous.

Ce fut la même chose avec l'histoire énigmatique du saint qui envoie les méchants gouverneurs dans une maison de débauche pour les faire chuter. Elisabeth ne put tenir sa langue et demanda ce qu'était une maison de débauche. Sœur Martha dit que c'était une maison dans laquelle Dieu était offensé en permanence et qu'elle devait arrêter de poser sans arrêt des questions impertinentes. Un soir, une des filles eut pitié d'Elisabeth et l'éclaira sur la maison de débauche et, puisqu'elle y était, sur d'autres choses encore.

L'explication cependant ne choqua pas l'enfant. De même que l'homme normal qui découvre dans les livres que la Terre tourne autour du Soleil n'en perd pas la raison car cela lui reste opaque, la petite Elisabeth ne fut nullement troublée d'apprendre que l'homme et la femme s'accouplaient dans l'obscurité de leur lit. Elle reçut cette information en l'absence de toute représentation et continua à vivre dans son propre monde, étroit mais tellement plus complexe.

Bien sûr, sa curiosité et sa ténacité ne contribuaient pas à la faire bien voir, la plupart du temps les nonnes lui opposaient une incompréhension navrée et étaient prêtes à pardonner au moindre signe de regret. Sans doute représentait-elle une tentation pour ces femmes pieuses. En témoigna leur soudaine désaffection après une période de bienveillance, car il leur apparut bientôt combien il était injuste de préférer cette enfant difficile aux jeunes filles ordinaires. Contre la tentation d'une indulgence coupable et de la tendresse interdite que ce visage d'enfant pouvait éveiller, on se devait soudain d'opposer une dureté d'autant plus grande.

Mais Elisabeth ne pouvait pas le deviner. Elle sentait seulement le brutal et incompréhensible changement et vivait toute la journée dans un nuage de mélancolie.

Mais bien vite elle comprit que la plupart des tracasseries qu'elle subissait n'étaient pas dues aux nonnes mais à la force invisible des lois et des règles derrière celles-ci.

Cette contradiction de règles strictes, appliquées par des femmes plus ou moins bonnes, exerçait sur Elisabeth une étrange fascination. Les longues homélies, durant les offices ou pendant le carême, n'étaient pour elle que des mots juxtaposés dont elle ne percevait que la violence menaçante, et l'idée de quelque chose de très froid et de très cruel faisait naître en elle de la pitié pour ses geôlières involontaires.

Les nonnes ne vivaient pas seulement séparées de l'extérieur par la clôture. Elisabeth surprenait parfois leur vacarme gai et futile et brûlait de curiosité d'approcher leur secret. Elle épiait les visages souriants légèrement masqués sous le voile blanc et ne découvrait qu'une satisfaction enfantine. Mais c'est justement cette satisfaction qui éveillait sa méfiance car elle savait qu'on ne pouvait l'éprouver que quelques minutes. Mais les nonnes, elles, paraissaient toujours contentes comme si elles avaient avalé une cuillère de vermouth et en étaient toutes réjouies.

Mais quand en avaient-elles avalé l'amertume et en quoi consistait-elle ? Celle-ci devait être particulièrement amère pour exiger cette gaieté. On sentait clairement qu'elles étaient occupées à tout autre chose dont Elisabeth n'avait aucune idée. Elles ne répondaient jamais à la tendresse des enfants, comme si elles appartenaient corps et âme à un autre. On pouvait les agacer et les insulter, mais, en vérité, cela ne les touchait guère, car elles ne se sentaient pas concernées.

Avec les années, Elisabeth développa une sorte de jalousie envers ce puissant autre qui, de façon définitive, lui opposait un tranquille visage lisse.

Betty se souvenait de sa dernière visite au couvent. Elle l'avait retrouvé tel qu'elle l'avait laissé cinq ans auparavant. Comme dans un rêve elle avait parcouru les salles et tout était là, l'odeur de pierre humide, d'encens et de vêtements mal aérés, l'Enfant Jésus dans sa vitrine et le va-et-vient des nonnes.

Certaines avaient perdu des dents, d'autres étaient devenues sourdes ou myopes, mais leurs visages étaient restés jeunes, lisses et cireux. La joie qu'elles lui témoignèrent était réelle mais impersonnelle. Elle retrouva son ancienne jalousie, se sentit soudain lasse, usée et pendant un instant elle fut prise d'une furieuse nostalgie de dormir dans une petite cellule sombre, de prier devant une sainte sous verre, d'aller faire chaque jour une visite au martyr et ne plus avoir à ressortir dans l'après-midi froid et humide. Un terrible mal du pays lui fit monter les larmes aux yeux. Puis cela passa, mais elle avait compris pourquoi, enfant, elle avait dû si passionnément se défendre contre cet amour égalisateur et cette tendresse.

Les femmes dans leurs habits noirs étaient envoûtées, envoûtées de toute éternité. Elle aussi était parfois envoûtée en se heurtant à une force qui la dépassait, mais chaque fois l'enfant rebelle se réveillait en elle, se battait jusqu'à l'épuisement et brisait ses chaînes, pour se retrouver, inconsolée mais libre.

Elle avait pris congé un peu abruptement, le cœur rempli d'une nostalgie lancinante de cette paix séduisante et, lentement, dans les ruelles enneigées, elle avait pris le chemin du café où l'attendait son amant.

Et quand il avait reposé son journal et avait levé les yeux sur elle, elle n'avait plus senti que son sang qui battait ardemment dans son cou.

Et Betty, assise, en larmes, sur le lit de la chambre étrangère, ressentait encore la force qui l'avait fait s'abattre sur cet homme, pareille à celle de la gravitation terrestre.

Elle prit dans la boîte la photo suivante, format carte postale, à peine pâlie mais couverte de petites traces grasses de doigts. La ronde et blonde gamine avait déjà clairement l'air aimable de Mme Käthe. Au dos était écrit : « À ma chère amie Elisabeth, avec mon souvenir éternel, 28/05/1922. » Sur une autre photographie, il y avait seulement : « Souvenirs de Margot. »

Betty regarda le cliché en soupirant. D'épais sourcils noirs sur de larges paupières blanches, une grande bouche sérieuse et les cheveux en couronne autour du front. Oui, c'était bien le visage de Margot. Et même s'il lui manquait la vie, cela suffisait pour ressusciter Margot, Margot tout entière, attirante et repoussante, aimée et détestée.

Betty comprit soudain à quel point l'année 1922 avait été décisive.

Elle se rappelait avec exactitude la paisible matinée de juillet où elle dut s'avouer qu'elle était en train de devenir une femme. À l'avenir elle allait avoir, comme ses amies plus précoces, des hanches rondes, des seins blancs et une odeur de femme. Mais ce qui lui plaisait chez les autres, ce qui l'attirait et la troublait, elle le détestait chez elle. Alors le désespoir la submergea à la pensée qu'à présent son destin était scellé une fois pour toutes.

Elle se souvenait des regards dérobés de ses tantes, de leurs murmures entendus et d'une indulgence offensante envers ses caprices, depuis quelque temps. Elle se moucha en pleurant et se sentit misérable, révoltée par ce corps qui soudain la dégoûtait.

Elle se rappela qu'on ne devait pas se baigner dans l'eau froide dans cet état et un dernier espoir l'envahit. Pieds nus, elle courut à la salle de bains, verrouilla la porte et remplit la baignoire d'eau froide. Elle y entra triomphalement en retenant son souffle et s'allongea. Elle n'en ressortit que lorsque ses dents se mirent à claquer, puis se sécha à la va-vite et s'allongea sur son lit. Pleine d'une confiance déraisonnable, elle s'endormit. Et, effectivement, elle passa la journée sans que son corps se rappelle à elle, ce n'est que dans la soirée, alors que, secrètement, elle triomphait déjà, que « cela » revint.

Après cet événement, Elisabeth s'abandonna à une certaine résignation. Elle renonça à percer un chemin tout droit à travers la forêt vierge en espérant qu'ainsi s'ouvriraient pour elle ces chemins de traverse sur lesquels les autres se déplaçaient avec souplesse et assurance.

Il y eut encore quelques accès de colère puis Elisabeth, à part de petits manquements aux règles, devint une gentille fille. Elle se mit à mentir et à tromper jusqu'à en devenir presque championne. À présent, elle ne comprenait plus pourquoi elle s'était insurgée si longtemps contre la puissance des règles et des lois. Alors qu'il était si facile de les contourner. Parfois même il lui semblait qu'elles n'avaient été inventées que pour être contournées. Si elle n'avait pas pour autant bonne conscience, ce n'était pas non plus une franche résistance. Puisqu'elle était déjà condamnée à avoir mauvaise conscience, elle voulait au moins vivre aussi agréablement que possible.

Parfois la vieille colère renaissait en elle. Elle n'était pas morte, seulement brisée, et crevait en larmes secrètes. Elisabeth avait pris conscience qu'elle était seule et que son chagrin n'intéressait personne. Elle devint alors polie, gentille et même un peu trop lisse.

Cette année-là, elle découvrit qu'elle avait le pouvoir d'attirer les hommes.

Betty regarda pensivement le rectangle noir de la fenêtre derrière le voilage transparent. L'air était froid, plein de bruits nocturnes, et elle le respira profondément. Dès le début, pensa-t-elle, j'ai renoncé à ce pouvoir ? Oui, cela n'avait pas même été une véritable tentation pour elle. Dès qu'elle s'apercevait que quelqu'un s'attachait à elle, elle fuyait. À moitié par peur, à moitié par orgueil. Par un orgueil insensé sans doute, car ceux qu'elle n'avait pas séduits l'avaient été par d'autres puisque tel était leur destin. Peut-être y avait-il de la dureté et de l'indifférence dans la décision de respecter la liberté d'un homme, dont le bonheur aurait été précisément de se débarrasser de cette liberté.

Mais quoi qu'il en soit il était inutile de se casser la tête là-dessus.

Elle se pencha sur l'image des deux filles qui lui avait fait penser à ça.

Autrefois, en effet, certains enfants se mirent à chercher la présence d'Elisabeth. Elle se débarrassa prudemment de la plupart mais avec Käthe et Margot elle s'entendait bien et une amitié naquit entre elles trois.

Käthe était gaie, serviable et généreuse et son corps de fille, blanc et potelé, promettait un plaisir auquel se réchauffer. Peu importait à Elisabeth qu'on ne puisse parler avec elle que de choses terre à terre, ou plutôt c'était précisément à cause de ça qu'elle avait choisi Käthe pour les promenades quotidiennes. La conversation roulait agréablement et sans heurts, et Elisabeth pouvait s'abandonner à ses pensées, qu'elle n'aurait à aucun prix confiées à sa blonde amie.

Mais si Elisabeth ressentait parfois la banalité saine de Käthe comme une supériorité, elle ne la lui enviait pas et n'aurait pas aimé la posséder.

Tout allait bien tant que Käthe était de bonne humeur. Dans le cas contraire, elle devenait insupportable. Elle boudait toute la journée et Elisabeth redoutait ses regards de reproches dont elle ne comprenait même pas la raison. Elle essayait d'amadouer son amie, moins pour la consoler que parce que ce silence blessé la rendait elle-même malheureuse.

Jusqu'à ce que le nuage crève et que la véritable Käthe resurgisse, amicale et aimable. Mais une épine demeurait et par crainte d'une prochaine crise de bouderie, Elisabeth finit par mettre entre elle et son amie une distance salutaire.

Un jour, elle se rendit enfin compte que c'était lorsqu'elle se rapprochait de Margot que l'humeur de Käthe s'altérait brutalement, et cette découverte la troubla.

Le pouvoir d'attraction de Margot était très grand ; elle était douée et pleine de fantaisie. Elisabeth pouvait parler avec elle pendant des heures sans ressentir ni lassitude ni ennui.

C'était ma seule partenaire, se dit Betty, étonnée de le découvrir. L'excitation joyeuse d'échanger des idées, la hâte de comprendre avant même que l'autre ait fini sa phrase, l'éclair dans les yeux noirs de Margot, l'accord dans un regard ou une contraction de la lèvre, jamais elle n'avait connu cela et elle ne devait plus le connaître.

Elles étaient assises côte à côte et vivaient la plus excitante des aventures. Elles écrivaient une pièce dans laquelle intervenaient Vercingétorix, Hannibal, le dernier des Hohenstaufen et M. Micawber, avec à leur côté l'heureuse princesse et la jolie fée Clochette. Puis Elisabeth avait dessiné avec talent des illustrations et le plus étonnant c'est qu'elles faisaient toutes les deux des progrès en classe. Jamais une troisième fille n'y participa, toutes sans exception avaient montré pour ce jeu une incompréhension étonnée.

Cependant il y avait en Elisabeth une duplicité dont elle n'avait pas conscience. Margot était marginale et sans véritable contact avec les autres filles, elle était donc tributaire d'Elisabeth qui, en revanche, ne pouvait pas vivre sans arrêt sur ces hauteurs spirituelles. De temps en temps, elle devait redescendre vers la banalité des autres et s'adonner au vide agréablement stupide qu'exhalent les jeunes corps en bonne santé. Elle savait que Margot la méprisait pour cela et elle savait aussi que les autres, dont la représentante la plus farouche était Käthe, désapprouvaient son amitié avec Margot. Elle se trouvait donc prise entre deux mondes antagonistes et se mit à en souffrir sérieusement.

Betty se dit à nouveau que jamais personne n'avait été plus proche d'elle que Margot, qui était morte depuis plus de vingt ans, et elle fut prise de mélancolie. Où était passé l'esprit étincelant caché derrière le front brun, le petit cœur ardent qui brûlait dans ce corps mince ? Betty n'avait jamais eu de mal à se représenter morts les gens qui n'étaient que corps ou presque. On savait ce qui arrivait à la chair. Et ce corps était si peu de chose, une poignée d'os, de tendons, de peau et de cheveux. Où était restée la vraie Margot – anéantie par une main sans pitié ?

Betty fut envahie par l'envie taraudante d'être assise une fois encore à côté d'elle à écrire des lettres et de retrouver cette langue depuis longtemps oubliée qui n'avait appartenu qu'à elles deux.

Faire l'expérience d'une communion spirituelle avec une autre personne avait enchanté la petite Elisabeth. Après les choses, elle découvrait les humains. Elle n'était plus seule au monde, n'était plus l'unique âme dans un paysage d'objets muets, de plantes et d'animaux, où il lui était difficile de vivre et dont elle, Elisabeth, devait toujours répondre. Soudain, il y avait une deuxième âme, libre comme elle, capable de penser par elle-même et disposée à lui parler.

Elisabeth en fut très heureuse, jusqu'à ce que survienne un incident fâcheux. Margot tomba amoureuse d'elle. C'était inconcevable et affreux, mais elle n'aimait pas le corps de Margot. Elle devait prendre sur elle pour toucher cette étroite main chaude, et les doigts flexibles et cireux éveillaient en elle le même dégoût que son cou mince et brun ou son allure fuyante.

Elle souhaitait ardemment que Margot revienne à l'univers froid et sec dans lequel elles étaient si heureuses mais arrivait toujours le moment où les grands yeux marron devenaient fixes, où la bouche se mettait à trembler et où la première larme se détachait de la paupière et roulait sur la joue pâle. Margot ne boudait pas comme Käthe et elle était consciente de sa faiblesse, mais son regard de souffrance muette était pour Elisabeth le pire reproche moral.

Un jour, revenant dans la salle de classe après une courte absence, elle trouva Margot en larmes, le visage couché sur son pupitre. Quand elle lui demanda ce qui lui arrivait, son amie leva ses cils collés et murmura d'une voix passionnée : « Je pourrais mourir à cause de toi, tu n'as pas de cœur, rien ne te touche, rien. »

Elisabeth ne put opposer à cette déclaration qu'un silence navré, car il n'avait jamais été question de mourir et Margot se vantait de son excellente santé.

Elle se creusa la tête en vain devant ses paroles mystérieuses. Il aurait peut-être fallu, dans une circonstance aussi incompréhensible, avoir un geste tendre envers la pauvre abandonnée, mais sa main s'y refusait obstinément.

Mais déjà Margot se mouchait en disant : « Comparons donc notre traduction de César. » Soulagée, Elisabeth alla chercher son cahier, heureuse de voir Margot revenue dans des eaux moins dangereuses.

Elle passa toute l'année comme un homme entre deux femmes, au milieu des menaces, des larmes, des scènes, en proie à un sentiment de culpabilité et dans une tension permanente et angoissée.

Une nuit, elle se réveilla et vit, penchée sur son lit, une silhouette féminine qui la regardait. Elisabeth s'obligea à respirer régulièrement et à rester immobile comme si elle dormait. Elle ne savait pas ce que Margot lui voulait, mais elle redoutait les conversations intimes qui, la plupart du temps, se terminaient pour l'une en hostilité et pour l'autre en chagrin.

Elle se détesta pour cette froideur en elle qui l'empêchait de dire : « Viens sous la couverture, avant d'avoir les pieds gelés. » Bien sûr il était strictement interdit d'être dans le même lit, deux filles qui avaient passé la nuit ensemble avaient été renvoyées dès le lendemain. Pour une raison quelconque, c'était sale et honteux. Mais, de toute façon, elle n'aimait pas dormir avec quelqu'un d'autre, on avait trop chaud et c'était inconfortable, sans compter qu'elle préférait regarder un visage à une certaine distance plutôt que trop près, car il n'était alors qu'une grande tache floue.

Aussi, le cœur endurci, elle resta tranquillement allongée comme si elle dormait. Mais Margot ne s'en alla pas, l'épiant avec une attention tendue. Peu à peu cela commença à devenir désagréable. Elisabeth aurait aimé se tourner sur le côté mais elle n'osait pas. Enfin, après un temps qui lui parut infini, Margot retourna dans son lit et Elisabeth entendit ses sanglots étouffés et désespérés.

Le lendemain, elle l'évita et resta près de Käthe, mais elle ne pouvait se soustraire au regard affamé de Margot. Ce regard lui gâchait le plaisir innocent d'être avec Käthe. Mais dès qu'elle revint vers Margot, Käthe se mit à lui tourner autour, en fronçant les sourcils et en montrant les dents comme un petit bouledogue blond. Furieuse et exaspérée de les voir ainsi, elle ne fut pas avare de remarques acérées. Elle avait envie de les secouer et de les gifler.

Par une sorte de fatalité, elle était devenue dépendante des deux filles et aurait souvent aimé les envoyer au diable et se retirer sur une île déserte, sous de grands arbres qui ne connaissaient ni l'amour ni la haine.

Elisabeth se laissait parfois aller à quelques flatteries ou à de petits cadeaux de réconciliation, mais toutes les deux étaient incorruptibles car l'une comme l'autre voulaient quelque chose qu'elles ne pouvaient même pas concevoir et qui déclenchait en elles la peur et l'aversion. Margot ignorait totalement Käthe et la traitait comme quantité négligeable. Käthe, en revanche, moins fragile, ne laissait pas passer une occasion de mettre l'autre sur le gril et de la ridiculiser. Elle était supérieure dans l'affrontement car elle agissait par instinct et visait avec précision les parties faibles de l'autre, forte de surcroît de l'approbation générale.

C'est seulement quand Elisabeth se tournait vers une troisième fille qu'elles s'unissaient sans un mot et prenaient un air qui la forçait immédiatement à renoncer à sa petite infidélité. De toute façon, Elisabeth avait la réputation d'être capricieuse car libre et sans attache. Elle s'introduisait sans égard dans les cercles d'amies pour s'en retirer avec désinvolture aussitôt qu'elle avait satisfait sa curiosité. La tentation était trop grande, elle était incapable d'y résister.

Un geste particulier, un sourire, le son d'une voix pouvaient l'inciter à se rapprocher pendant quelques heures ou quelques jours d'une fille, en dédaignant son entourage habituel. Ainsi Betty se rappelait avoir donné son goûter pendant toute une semaine à une maigre fille affamée, à condition que, le soir, elle s'expose au soleil couchant qui faisait flamber ses cheveux roux.

Elle prodiguait souvent ainsi son argent de poche rien que pour s'offrir de petits émerveillements. Elle sentait qu'il y avait là quelque chose d'insensible et d'inhumain, car les filles ne comptaient pas. Toute l'amitié dont elle était capable appartenait à Margot et à Käthe, et c'est justement ces deux privilégiées qui la torturaient avec leur jalousie et attribuaient une signification erronée à tout ce qu'elle disait et faisait.

Une fois de plus surgit l'image de la fille affamée et ses cheveux couleur de feuille de hêtre et Betty se dit qu'elle comprenait l'attirance irrésistible d'un homme pour une femme. Parfois dans l'autobus, assise derrière une inconnue, elle croyait savoir ce qu'éprouverait un homme à la vue de cette nuque mince où s'enroulait une éclatante chevelure. Il aurait suffi de tendre la main vers cette splendeur pour déclencher son avalanche.

Il y avait tant de longs cils, de douces joues rondes, de lèvres pleines et d'épaules qui ne demandent qu'à être entourées par un bras d'homme. Même elle, une femme, n'y était pas insensible et un homme que cela laissait de marbre n'était pas un homme ou bien n'avait aucune imagination.

Encore aujourd'hui la minuscule envie qui s'éveille en elle à la vue de la jeunesse et de la beauté est supplantée par le vieux désir impuissant et jamais assouvi.

Quand le printemps arrivait, Elisabeth se sentait excitée et nerveuse. En proie à une tension qu'elle ne comprenait pas, elle ne trouvait plus le repos, mais plus que tout elle était privée de ce minimum de solitude qui pour elle était vital.

Certains jours, toutes les filles se montraient soudain amicales et venaient à elle et cela l'enthousiasmait. Mais ce n'était pas ce qu'on devait attendre d'elle ou souhaiter, car soudain l'atmosphère changeait et les filles devenaient querelleuses, lunatiques et insupportables.

Quand Elisabeth ne pouvait plus supporter ces humeurs changeantes, elle prenait ses cahiers et se retirait, ce qui était interdit, dans le dortoir vide, furieuse de cette faiblesse qui la rendait dépendante de l'humeur des autres.

Puis, chaque année, arrivait la Fête-Dieu. Elisabeth la redoutait un peu car c'était chaque année épuisant. Le matin avait lieu la procession à travers le couvent et l'après-midi, après la grand-messe, la procession à travers la ville. Les filles, déjà fatiguées par la première procession, parcouraient les rues poussiéreuses en uniformes noirs, et il arrivait que l'une ou l'autre se trouve mal et qu'on doive la sortir du rang.

Elisabeth aurait bien voulu s'évanouir pour raccourcir la cérémonie qui s'étirait sans fin jusqu'à midi, mais elle n'y arrivait pas. Bien que ses jambes ne la portent plus, que ses cheveux soient sur le point de s'enflammer sous le soleil torride et que les nuages d'encens l'étourdissent presque – elle était toujours là, des perles de transpiration sur son petit nez, mais incapable de s'évanouir.

Et ça m'est resté, pense Betty. Elle avait toujours résisté à l'ivresse, les stupéfiants, la musique, les pièces obscurcies et les promenades au clair de lune. Elle se souvint de ce jeune homme qui, un soir, sur un banc, l'avait regardée dans les yeux, lui avait pris la main et lui avait murmuré : « Qu'est-ce que tu sens en ce moment ? » Ce fut comme s'il lui avait fait avaler de l'alun. Elle avait violemment retiré sa main et répondu : « Rien. »

Le jour de la Fête-Dieu de 1922 s'était passé comme l'année précédente. Elle s'en souvenait car une grande dispute avait éclaté.

La veille, Elisabeth, à force de câlineries, avait arraché à sœur Martha la permission d'arranger les fleurs dans la salle de bains, une occupation qu'elle adorait. La salle de bains avec ses huit baignoires de zinc était devenue une véritable jungle de fleurs et de bouquets où il fallait se tracer un chemin avant de pouvoir commencer le travail. Les fleurs venaient en grande partie d'amis et de bienfaiteurs du couvent, mais aussi des jardins ombragés de la ville.

Les sœurs se chargeaient de décorer le couvent, lequel, à cette occasion, était chaque année ouvert aux visites. Chaque nonne devait édifier un petit autel en face de sa cellule, en suivant entièrement son goût et ses préférences.

On pouvait admirer alors de vieux tableaux, les statues de bois et de plâtre, d'étranges reliquaires de verre, l'or et les perles entourés de volumes écrits en latin, le tout à demi recouvert d'iris, de pivoines, de boules de neige, sans compter bien sûr les innombrables cierges à la lueur vacillante. Il y avait tant de choses à voir qu'Elisabeth aurait voulu avoir dix yeux au lieu de deux. Une petite sainte derrière une vitrine éveillait surtout en elle le vieux fantasme de voler. Ce minuscule visage de cire, aux cheveux roux, aux prunelles peintes en violet et aux étroits pieds nus sous la robe dorée, faisait renaître chaque année le projet de se l'approprier tout simplement. Mais elle n'y arrivait jamais. Non pas à cause d'une brusque inhibition mais parce qu'elle n'avait jamais l'occasion propice de mettre la main dessus. Puis le jouet sacré regagnait la sombre cellule pour une longue année. C'était un crève-cœur et Elisabeth aurait préféré le dévorer pour l'avoir enfin tout à elle.

Cette impossibilité de ne pouvoir prendre possession de ce qu'elle aimait la torturait pendant qu'elle arrangeait les fleurs de la Fête-Dieu.

Par où commencer ? Elle aurait voulu céder au désir barbare de se jeter dans cette mer blanche, rose et rouge, de mordre dans le cœur des pivoines, d'écraser les iris – il ne serait resté alors que mort et destruction. On ne pouvait jamais embrasser assez tendrement la beauté.

Avec adresse, elle rangea les pivoines de différentes couleurs dans les baquets, les seaux et les baignoires, respira leurs calices en dilatant les ailes du nez mais pas trop fort pour rester lucide, et elle ne se laissa aller qu'une fois à embrasser les fleurs blanches sur leur cœur rouge.

Elle sépara les iris jaunes des bleus, remplit une baignoire de boules de Noël et mit les cœurs-de-Marie à part dans un seau où le courant d'air les fit longtemps frémir. Les anémones et beaucoup de branches de feuillages qu'elle ne connaissait pas, elle les plaça dans une autre baignoire. Puis elle ferma les rideaux verts et se retrouva dans une lumière de sous-bois odorante, respirant avec une douce exaltation les parfums innombrables au milieu du léger bourdonnement des abeilles restées prisonnières qui ne se doutaient pas encore de leur captivité.

À cet instant, au pire des moments, la porte s'ouvrit et Käthe entra. La sage et gentille Käthe surgissant dans le vert et ombreux royaume enchanté d'Elisabeth.

Elisabeth lui jeta un regard assassin et il lui fallut quelques secondes pour se reprendre. L'irritation ne tarda pas à suivre et, aussitôt après, la conscience que l'amie, qui ne se doutait de rien, ne devait pas s'en apercevoir.

Käthe s'approcha et passa ses solides mains rondes sur la tête floconneuse des boules de neige. Elisabeth en frémit de douleur jusqu'à la pointe des orteils mais elle se domina.

« C'est ici que tu te terres, dit Käthe, avec un tremblement révélateur dans la voix, tu as promis de venir te promener avec moi. Les autres sont déjà parties. » Elle serra les lèvres et jeta à son amie un regard de défi.

Elisabeth préféra s'écraser plutôt que de s'abandonner à sa mauvaise humeur. Et avec une feinte amabilité, elle promit de la rejoindre bientôt, dans la cour, dès qu'il y aurait moins de soleil et qu'il ferait un peu plus frais. Puis elle étendit la main et caressa les boucles blondes de Käthe.

Comme si elle n'attendait que ce geste, la jeune fille se jeta dans ses bras, éclata en sanglots et mendia un baiser en tremblant. Elisabeth se figea. Les joues chaudes, humides de larmes près des siennes ajoutées à l'odeur d'un corps féminin excité l'attiraient et la repoussaient en même temps. Prise de pitié, de colère et de détresse elle caressa les tremblantes joues rondes tout en repoussant la pleureuse.

Käthe prit son mouchoir et, le pressant sur sa bouche, sortit sans un mot.

Elisabeth s'assit toute tremblante sur une baignoire et essaya de comprendre ce qui s'était passé. Elle exerçait, semblait-il, sur Käthe la même séduction que les pivoines exerçaient sur elle et elle comprit que Käthe devait à présent la haïr. Mais en même temps elle savait aussi, avec une dureté qui l'étonnait elle-même, qu'elle ne pouvait pas supporter d'être la possession d'une autre personne. La peur et l'aversion pour cette chaleur humide de larmes étaient plus fortes que son sentiment d'amitié pour Käthe.

Les heures de bonheur étaient détruites. Toutes les fleurs parurent se détourner d'elle, comme séparées par un mur invisible. Elle avait envie de pleurer, mais elle aurait eu honte de se laisser aller devant les pivoines et elle fit comme si rien ne s'était passé.

Ce matin de Fête-Dieu avait été gâché par cette Käthe silencieusement entêtée qui, aujourd'hui encore plus qu'avant, ressemblait à un méchant petit bouledogue. Avec ses paupières gonflées et ses lèvres enflées, même les douces boucles blondes paraissaient grotesques.

Elisabeth se trouvait sans cœur de se moquer de l'air douloureux de son amie et elle était d'ailleurs un peu honteuse de sa méchanceté.

Pendant la procession dans la ville, Margot était devant elle. Sa nuque étroite semblait ployer sous le poids des tresses noires et Elisabeth savait qu'elle avait les yeux fermés en une étroite fente, les mains jointes avec raideur et ostentation, comme une petite statue gothique. Elle n'ouvrirait pas la bouche de toute la procession. Cette hypocrisie supposée la mit en colère. Chaque fois qu'elle voyait la tête inclinée de Margot, elle aurait aimé lui donner une paire de claques car il lui semblait le comble de l'impudeur de faire étalage de sentiments auxquels elle ne croyait pas vraiment. Elle imaginait très bien comment ce genre d'attitude avait poussé le juge romain à faire des martyrs, se condamnant lui-même à être éternellement injuste.

Dès les premières heures de cette Fête-Dieu, l'atmosphère fut déprimante. On versa des larmes pour un col de dentelle déchiré, pour des boucles rebelles ou des gants égarés. En plus comme on n'avait pas terminé les préparatifs, on pouvait prévoir un après-midi difficile.

La chaleur dans la rue était insupportable ce matin-là. Elisabeth percevait l'odeur des cheveux brûlants, de l'encens et des bouleaux dépérissant sous le soleil. Elle avançait pas à pas, regardait ses mains qui devenaient bleuâtres et léchait les gouttes de transpiration salées sur ses lèvres. Käthe se taisait avec obstination, les yeux fixés sur le tapis de pétales de pivoine. Se relevant, s'agenouillant, se signant, se relevant à nouveau. Ce n'était pas croyable de voir à quoi le Seigneur trouvait du plaisir.

Vers midi, Margot se laissa choir avec simplicité du haut de son attitude gothique. Elle tomba dans les pivoines et Elisabeth reconnut que dans cet état elle paraissait encore très respectable, ce qui n'aurait pas été le cas pour elle. Elle aida Margot qu'on devait à présent remorquer et ne put s'empêcher de rire à la vue des mains toujours jointes. L'humeur de Käthe parut s'améliorer devant ce spectacle et Elisabeth se surprit à lui jeter un regard complice. Käthe y répondit en lui tendant un bonbon, et la paix sembla restaurée. Mais Elisabeth se trouva odieuse. Elle avait trahi Margot avec ce regard à Käthe. Car pour autant qu'elle réprouvait l'attitude de Margot, elle n'aurait pas dû se moquer avec autrui du manque de naturel de son amie.

Elle fut rattrapée par son ancienne culpabilité, reconnaissant sa propre duplicité, son incapacité à se décider pour quelqu'un ou pour quelque chose. Cette secrète déloyauté était peut-être ce qui avait toujours dressé les filles contre elle. Mais ça ne relevait pas seulement d'elle, Margot était ridiculement aguicheuse en dehors de toutes ses qualités, la jolie Käthe pouvait ressembler à un bouledogue, les nonnes n'étaient pas que dignes, elles étaient aussi facétieuses – d'un autre côté elle aurait aimé parfois caresser un visage bête et laid de fille, pour la beauté étonnante qui aurait soudain irradié d'elle. Et il n'y avait aucun doute, la douce et aimable professeure de chimie était de temps en temps possédée par le diable.

Les souvenirs de Betty s'égaraient un peu, elle se vit dans la salle de séjour derrière son père qui regardait le jardin enneigé. Il n'avait pas dû l'entendre arriver avec ses pantoufles souples, car soudain il eut un rire, tout à fait inhabituel, bref et froid, et quand il se retourna, son visage familier était entièrement transformé comme si tous ses traits s'étaient recomposés d'une autre façon. Leur harmonie habituelle avait été détruite et les yeux qui la regardaient n'étaient pas ceux de son père.

Un instant après, c'était passé, mais Elisabeth resta sous le choc toute la journée. Plus tard, cette expérience lui parut aussi irréelle qu'un rêve. Tout était comme avant, mais l'ambiguïté que représentait maintenant le visage aimé la plongeait dans le trouble et le désespoir.

Son amour en fut transformé et resta altéré par la pitié et la prise de conscience. Sur tous les êtres et sur toutes les choses demeura pendant des jours un soupçon d'ambiguïté qui remplissait Elisabeth de malaise et de détresse.

4

Betty tira sa veste de pyjama sur sa poitrine en frissonnant. Ici, les nuits étaient froides, même en plein été. Elle posa la boîte sur la table, se rallongea et éteignit. Mais elle était bien réveillée et son cerveau était d'une clarté qui lui donnait le vertige. Derrière ses paupières closes allaient et venaient les images et les pensées. Elle renonça à lutter contre elles.

Elle revint, une fois de plus, sur la grande dispute de la Fête-Dieu. L'escarmouche à table, la digression insistante d'une des filles qui mit Käthe en colère, Margot, blême, fixant son assiette avec son détestable air de martyre et les figurants, tout autour, épiant, avides de sensations et ravis de s'abandonner à leur trouble sentiment.

Au début la dispute fut générale, mais comme obéissant à un ordre secret toutes se retournèrent contre Elisabeth. Chaque fille porta soudain des accusations si enfantines et insignifiantes qu'elles ne pouvaient qu'être le masque de reproches bien plus sérieux mais pour lesquels les mots manquaient.

Elisabeth savait qu'il était absurde de se défendre et l'ancienne colère enfantine monta en elle. Elle posa sa fourchette et, toisant ses adversaires, elle demanda : « Qu'est-ce que vous me voulez enfin ? »

Toutes se turent, détournèrent les yeux et le repas s'acheva en silence.

Dans l'après-midi, Elisabeth bâcla son devoir de mathématiques en y laissant beaucoup d'erreurs, mais elle ne voulait à aucun prix se faire aider par une fille. Elles s'étaient regroupées et, comme des conspiratrices, comparaient leurs résultats sans laisser échapper un mot ni même un regard. Et, vision dégoûtante, Margot était de leur côté, même si on pouvait lire dans ses yeux combien elle avait honte de le faire.

Après le goûter, une dispute éclata entre Käthe et Margot. Il fallut empêcher Käthe de se jeter sur l'autre, plus petite et plus faible. Deux partis se formèrent et des reproches fusèrent qu'on aurait mieux fait de garder pour soi.

Elisabeth s'assit sous le mûrier, écœurée, triste de ce malentendu.

Au dîner, les deux clans s'étaient réconciliés et jetaient des regards noirs à Elisabeth, qui ne put rien avaler. Personne ne lui adressait la parole, et les filles assises à ses côtés s'écartaient d'elle comme si elle était une voleuse ou une criminelle.

Après le repas qui s'éternisa, Käthe remit une lettre à Elisabeth dans laquelle on la mettait en demeure de se présenter devant une sorte de conseil de discipline. Il aurait lieu dans une demi-heure à la chapelle. S'y dérober serait considéré comme de la couardise.

Elisabeth comprit, à ces formules alambiquées, que c'était Margot qui avait rédigé la lettre. Elle trouvait cela ridicule et pathétique mais les visages de marbre des filles la firent changer d'avis. Elle fourra la convocation dans sa poche sans un mot et quitta la table.

Bien entendu, il n'était pas question d'être lâche et puis cela l'intriguait un peu. Elle se rendit donc à l'heure dite à la chapelle. Il y faisait sombre et on ne distinguait pas le visage des filles, ce qui convenait bien à un collège de juges, car ce qu'Elisabeth allait entendre aurait difficilement pu être prononcé à la lumière du jour. On lui reprocha en effet d'être fausse et déloyale, et de toutes les manipuler. Cependant personne ne put invoquer des serments non tenus ou des promesses. Mais qu'on n'ait même pas pu en découvrir, c'était justement ce qui jetait une lumière accusatrice sur le caractère d'Elisabeth.

Finalement, Margot expliqua que ce qui le prouvait le mieux c'était sa façon indécente d'avoir plusieurs amies à la fois, elle devait donc se décider enfin pour une d'elles, lui rester fidèle, et ne jamais avoir une autre relation ni lui faire de la peine.

Elisabeth se défendit mollement en disant qu'elle n'avait jamais forcé personne et qu'il n'était pas interdit d'être amicale avec chacune. Un silence gêné accueillit ces paroles.

Mais Margot n'était pas si facile à déstabiliser. « Tu n'as pas l'air de comprendre, dit-elle, à quel point tu es différente de nous… je veux dire… que personne n'est comme toi… que… le mal est en toi… et elle ajouta, soudain prise de découragement, ce n'est pas ta faute si tu agis sur nous comme un poison. »

Käthe, sans comprendre, avait seulement perçu un reproche dans la voix de Margot et sa loyauté vola en éclats. « N'importe quoi ! », cria-t-elle. En fait, tout était la faute de Margot qui, avec ses extravagances et ses yeux au ciel, tournait sans arrêt autour d'Elisabeth et la seule chose qu'on pouvait lui reprocher à elle c'était d'être trop faible. Margot n'avait qu'à renoncer à elle et tout rentrerait dans l'ordre.

Mais Elisabeth ne pouvait oublier les mots de Margot, car ils avaient touché à sa blessure secrète. Elle était à présent persuadée d'être porteuse d'un poison qui provoquait le trouble, en elle et dans un cœur étranger. Mais en même temps le ridicule de cette réunion était si évident qu'elle ne put s'empêcher d'éclater de rire. Soudain elle n'eut plus qu'une envie, échapper à ses juges et ne plus jamais les voir.

« Le mieux, dit-elle, c'est qu'à l'avenir vous ne m'approchiez plus, je n'ai besoin d'aucune de vous. » Puis elle s'en alla et entendit le bruit d'une gifle ; elle apprit plus tard que c'était Käthe qui avait giflé la petite Margot.

Elisabeth traversa le couvent plein de filles et, prise de dégoût contre toutes, elle alla s'enfermer dans les cabinets, grimpa sur le rebord de la fenêtre et, pendant une heure, contempla d'un œil accablé le soleil couchant.

Le jour suivant, elle pensait que toutes les filles allaient l'éviter mais, gênées par la scène qu'elles ne comprenaient plus elles-mêmes, elles n'en firent rien.

Bientôt tout redevint comme avant, si ce n'est que la tension avait baissé d'un cran et que toutes semblaient prises de lassitude. D'ailleurs, les derniers examens approchaient et Elisabeth se plongea dans le monde pur des équations et du vocabulaire.

Betty essaya de se souvenir des vacances qui suivirent mais sa mémoire n'en avait gardé ni un mot ni un geste. Et pourtant ça avait bien dû être l'été. Où donc s'étaient enfuies sa chaleur, ses ondées, son odeur et les nuits claires ? Où étaient la voix de ses parents, les visages des invités ? Mort, cet été était mort ou si profondément endormi qu'elle ne pouvait plus le réveiller. Tous les étés paraissaient se confondre et il était impossible de les séparer.

Certains événements servaient de points de repère grâce auxquels elle savait de quelle année il s'agissait. Mais en fin de compte tous les étés de son adolescence étaient les mêmes, faits de paresse, de hamacs se balançant, de parties de tennis, de cueillettes de baies, tout cela sous un ciel bleu où passaient des nuages blancs, un peu ternis par la lassitude et l'ennui

Avec le retour au couvent, les images retrouvaient leur précision. Betty revoyait Elisabeth, avec encore sa maigreur enfantine, ses longues jambes, assise sur sa valise et sanglotant désespérément au milieu des chemises. Elle avait une telle nostalgie de la dernière semaine de vacances, une telle nostalgie à présent du jardin à la fin de l'été, de la maison familière et de ce qui n'avait pas de nom et qu'on ne pouvait désigner que par ces mots : « chez moi ».

Elle entreprit fiévreusement de se bourrer le cerveau de chiffres et de dates pour ne pas succomber à cette nostalgie taraudante pour ce coin de terre qui de loin lui paraissait le paradis et dont en réalité elle n'avait rien à faire.

Vers la fin novembre, ce zèle fébrile s'éteignit et Elisabeth se remit à traînasser, à lire, à dessiner des hommes sur ses cahiers et à jouer avec les cordons de son tablier.

Pendant l'Avent elle devint encline à la rêvasserie. Avec le froid qui s'installait, une partie de sa vie se dissolvait. Elle se recroquevillait, évitait de bouger, frissonnait et se renfermait dans un corps malheureux que le froid faisait terriblement souffrir. Même son intelligence chuta de quelques degrés pour faire place à un engourdissement somnolent.

L'hiver n'était consacré qu'à une seule et même chose, attendre le printemps.

Betty se tourna sur le côté gauche et se mit à compter. Elle avait quarante-cinq ans. Si l'on soustrayait les dix premières années à la maison où l'hiver n'était pas aussi dur, elle avait trente-cinq hivers derrière elle ? En comptant qu'un hiver durait cinq mois, ça faisait cent soixante-quinze mois, donc à peu près quatorze ans. Quatorze ans qu'elle avait passés, gelée et mal dans sa peau, avec des capacités physiques et intellectuelles réduites.

C'est ça, quatorze ans, même si ce compte n'avait pas beaucoup de sens. Elle aurait aimé chasser de ses pensées quelques-uns de ces hivers, mais ils étaient fermement ancrés en elle, avec la haine intacte et le froid.

Pressant l'oreiller rebondi contre son cœur, elle se tourna sur le côté droit et décida enfin de dormir. Mais malgré son immense fatigue, les images ne cessèrent pas de défiler derrière son front.

1923, une année tourmentée, fébrile pour la fille de quinze ans, astreignante et épuisante pour le corps et l'âme. Mais à présent ce n'étaient plus les amies qui la harcelaient et la tourmentaient. Pendant les grandes vacances, elles avaient complètement changé.

Käthe était devenue encore plus potelée et féminine, elle tordait à présent ses cheveux en chignon et utilisait une lotion pour le visage. Elle restait amicale et bonne camarade mais on la sentait préoccupée d'autre chose, remplie d'une secrète satisfaction. Un jour, elle confessa à Elisabeth qu'elle s'était fiancée, que personne ne devait encore le savoir mais qu'elle était très heureuse. Aidée par une externe, elle entretenait un intense échange de lettres avec le jeune homme concerné et son seul chagrin était qu'elle devait jeter ses lettres déchirées en petits morceaux dans les cabinets car il aurait été trop dangereux de les conserver. Elle cessa alors de s'intéresser à l'école, n'apprenant que le minimum pour être reçue et montra ostensiblement son ennui devant son pupitre. La jeune femme épanouie, qui n'avait plus rien de commun avec ses camarades enfantines, avait brusquement tourné à la midinette exaltée.

Après lui avoir avoué ses fiançailles, elle sauta au cou d'Elisabeth et l'embrassa, et Elisabeth lui rendit volontiers ce baiser qui ne lui était pas destiné.

À partir de ce jour-là, elles eurent de bons rapports qui auraient pu déboucher sur l'amitié si un échange spirituel avec elle avait été possible.

D'ailleurs Elisabeth n'essaya jamais d'attirer la flegmatique Käthe sur ces hauteurs, non, elle l'aimait comme elle était : saine, naïve, vertueuse et pleine de bon sens. Près d'elle, elle devenait innocente, gaie et terre à terre. Elle était en mesure de comprendre Käthe tout entière, mais ne souhaitait pas être comprise par elle. Et Käthe respectait les frontières de cette autonomie.

Avec la petite Margot, le changement était beaucoup moins heureux. Elle, dont la pitié avait toujours agacé Elisabeth, était maintenant devenue mystique. Elle avait abandonné sa passion pour Elisabeth et cherchait à présent sa propre voie, une voie pour le moins inquiétante.

Une fois, elle expliqua à son amie qu'on devait tuer la chair et que, dans ce but, elle s'était fouetté les bras et les jambes avec des orties arrachées au jardin de ses parents.

« Mais tu as dû avoir mal », s'exclama Elisabeth, effarée. À quoi Margot répondit que c'était précisément cela qui menait au salut. Malheureusement, il n'y avait pas d'orties dans le jardin du couvent, mais des pierres pointues sous les draps faisaient le même office.

Elisabeth ne comprit pas et les yeux marron levés au ciel la mirent mal à l'aise. Margot posa alors une main prudente sur son bras et lui conseilla d'essayer, car il en résultait un bonheur ineffable. Il fallait se coucher carrément sur les pierres, fermer les yeux, penser à Dieu, et elle verrait bien par elle-même.

Elisabeth, toujours curieuse de nouvelles expériences, dit qu'elle allait essayer.

L'après-midi, elle vit Margot se glisser dans le dortoir en tenant les coins de son tablier, pour préparer leurs deux couches en vue du grand bonheur. Et elle mourait d'impatience de connaître ce que Margot laissait entendre par ses yeux levés et le chuchotement fervent de sa voix. Les pierres avaient été choisies avec le plus grand soin, des graviers parfaitement pointus. Elisabeth s'allongea prudemment, même si Margot avait bien spécifié de se coucher carrément dessus. Elle attendit que le silence règne, fit sa prière du soir et s'étira lentement. Les pierres lui faisaient mal. Elle attendit un long moment, mais rien ne survint, sinon que les pierres lui faisaient de plus en plus mal. Elle se souvint alors qu'elle devait penser à Dieu. Mais comment faisait-on pour penser à Dieu ?

Seules des images lui venaient. Dieu le Père grand et puissant en manteau bleu avec une barbe blanche, l'Enfant Jésus de cire avec ses boucles noires ou encore le Christ nu et ensanglanté. Dieu le Père, elle le savait, n'approuvait pas qu'elle soit allongée sur des pierres, pas plus que son propre père ne l'aurait fait ; l'Enfant Jésus ne le comprenait pas, on ne pouvait pas l'importuner avec ça, et penser au grand Christ ne pouvait en aucun cas la rendre heureuse.

Elle serait bien restée allongée sur les pierres nuit après nuit pour le soulager de ses souffrances, c'était un simple devoir moral, mais il était crucifié depuis si longtemps et puis c'est lui qui l'avait voulu. Elle n'avait pas le droit de se mêler de ses affaires et ça ne servait à rien qu'elle endure ces souffrances.

Elle se dit que ces souffrances n'étaient peut-être pas assez grandes. Elle se tourna et attendit. À présent c'était beaucoup plus cruel sur la chair fragile de la poitrine et du ventre. Elle essaya encore une fois de prier. Alors Dieu le Père secoua sa tête radieuse et éclata d'un rire profond. Et Elisabeth ne put s'empêcher de rire avec lui. Elle rassembla les pierres dans sa chemise de nuit et les jeta par la fenêtre. Puis, avec un rire muet, elle s'endormit.

Le matin, Margot avait les yeux cernés et elle paraissait sur le point de s'évanouir. Elisabeth fut tellement ulcérée en la voyant ainsi qu'elle décida de ne plus en parler. Dès lors, chaque fois que Margot ramenait la conversation sur ses étranges états, Elisabeth répondait de façon évasive ou expliquait ouvertement qu'elle ne voulait plus en entendre parler. Ce sujet les affectait tellement toutes les deux qu'elles cessèrent toute relation.

Elisabeth avait déjà remarqué que les nonnes ne voyaient pas d'un bon œil la dévotion exagérée de Margot que, depuis toujours, elles avaient cherché à combattre. Elles traitaient d'ailleurs l'adolescente comme une adulte qui était au courant de choses dont les autres filles ne se doutaient même pas.

Elisabeth, pour qui l'amour était quelque chose de gai, de tendre et de franc, se doutait que Margot en avait une expérience bien différente, sombre et passionnée. Ce changement en elle se révélait aussi par son odeur qui était devenue fade et faisait penser à de l'huile rance. L'odorat d'Elisabeth était si développé qu'elle pouvait par exemple sentir à son odeur si Käthe était de bonne ou de mauvaise humeur. Ce nez d'une délicatesse exagérée lui causait dans la vie des émois que personne ne soupçonnait. Mais c'était parfois gênant. En tout cas ça empêchait Elisabeth de se livrer à des exercices spirituels, car dès qu'elle respirait un parfum, toute pensée s'arrêtait pour faire place à des images qui apparaissaient sous ses paupières comme par magie.

Parfois, en hiver, lorsqu'elle était enrhumée, elle ne sentait plus rien, alors le monde devenait mort et vide, les couleurs pâlissaient et elle avait l'impression d'être sourde. Aussi tenait-elle le rhume pour un ennemi personnel.

C'était décourageant que ce fût justement Margot, la plus proche d'elle, qui offusquât son odorat alors qu'avec des filles avec qui elle n'avait pas échangé dix mots elle pouvait ressentir une certaine excitation, née de la seule odeur agréable qu'elles dégageaient.

Käthe sentait le savon à la violette et en dessous la génisse, un mélange qui plongeait toujours Elisabeth dans un doux et indolent bien-être. Elle était honnêtement persuadée de trouver chez Käthe tout ce dont elle avait besoin, jusqu'à ce qu'apparaisse ce sentiment vague de vide qu'elle comblait bien vite avec Margot, grâce à leurs jeux familiers avec les mots et les images. Après quoi, elle ne comprenait plus cette attirance temporaire et faisait à peine attention à son amie.

Rien dans Margot n'était laid ni vulgaire, elle était entièrement accomplie, comme taillée dans un vieux bois foncé. Mais dès que l'attrait spirituel fléchissait en Elisabeth, le signal d'alarme de son corps devenait de plus en plus fort et elle se détournait de Margot, profondément affligée de sa propre infidélité.

À nouveau, Betty sentit une pression contre son flan, mais ce n'était pas la pression des coussins et peu à peu il lui devint clair que c'était Margot qui oppressait son cœur. Elle sentit la vieille culpabilité renaître en même temps que l'impulsion de fuir les grands yeux marron sous la couronne de cheveux noirs.

Mais elle ne s'enfuit pas, elle avait depuis longtemps renoncé à cette mauvaise habitude. Fuir signifiait uniquement temporiser. Il arrive inévitablement un jour où l'on doit faire front et dans le cas de Margot ce jour était arrivé. Autrefois, en ce matin du 12 avril 1927, aucune alarme n'avait retenti en Elisabeth, alors, qu'assise devant la coiffeuse, elle brossait ses cheveux courts. Dans le gris argenté du miroir, elle voyait seulement son visage pâli par le manque de sommeil, les sourcils palpitant comme les antennes des grands papillons de nuit, et les épais cheveux noirs gonflant autour de sa tête. Rien n'agitait son cœur, alors qu'à la même heure, dans une ville lointaine, Margot détachait sa main de la rambarde du pont et se laissait tomber dans le courant.

Rien, pas un nuage ne troubla le gris argenté, pas un seul frisson ne parcourut ses épaules nues, aucun appel ne résonna à ses oreilles.

Et pendant que l'eau sale envahissait les poumons de Margot et l'étouffait, Elisabeth jouissait du soleil sur sa nuque et souriait à son image.

Personne n'aurait pu dire que c'était sa faute si Margot avait perdu la raison. Pourtant il y avait bien deux lettres désespérées dans le tiroir de son secrétaire auxquelles elle n'avait pas répondu. Certes on ne pouvait penser que sa lettre aurait pu empêcher Margot de faire ce qu'elle avait, comme dans tout suicide, décidé de faire depuis longtemps, mais un soupçon d'ambiguïté n'en demeurait pas moins. Même si sa lettre n'avait repoussé le malheur que d'un mois... en tout cas elle aurait préféré l'avoir écrite, mais c'était trop tard.

La pression sur la poitrine de Betty augmenta lorsqu'elle s'allongea sur le dos.

Beaucoup de gens avaient des pressentiments, les mères sentaient le danger qui guettait leur enfant, des femmes devinaient l'heure de la mort de leur époux, et même entre amies on devait le pressentir. Mais pour Elisabeth, ça n'avait jamais été le cas. Tant qu'une personne était près d'elle, elle savait par ses perceptions sensorielles comment elle allait. Son odeur, le son de sa voix, la texture de sa peau, c'étaient des choses qui lui parlaient. Mais dès que l'autre personne n'était plus corporellement présente, elle ne savait plus rien. L'essentiel de ses relations à autrui était détruit par l'éloignement physique. Elle en avait été désolée toute sa vie, et même indignée, car cela mettait en question la valeur des relations humaines. Et pourtant, elle n'arrivait pas à se convaincre que ce matin d'avril elle avait vu autre chose dans son miroir que son visage ensommeillé et senti autre chose que les battements réguliers de son sang dans son cou.

Pendant les deux dernières années d'internat, alors que Margot devenait toujours plus renfermée et bizarre, il lui arrivait encore d'abandonner pour quelques heures les sombres régions dangereuses pour se livrer à des jeux familiers. Avec une ironie bon enfant elle faisait croire aux autres qu'elle renonçait à son tragique enlisement, et arrivait à rire et même à montrer une exubérante gaieté. Alors l'esprit subtil et clair de Margot se délivrait de l'exaltation maléfique des sentiments, mais bientôt revenait l'atroce pulsion qui la poussait à se détruire. Depuis longtemps elle était passée des méthodes primitives d'ascétisme corporel aux tourments spirituels, s'interdisant de jouer du piano alors qu'elle aimait tant le faire ou se condamnant à renoncer aux consolations spirituelles durant tout un jour pour se livrer tout entière au vide et à l'engourdissement de sa pauvre âme. Alors elle errait à travers le couvent comme une toxicomane à qui on a supprimé son poison.

Un jour, en la voyant ainsi, Elisabeth fut prise d'une telle colère qu'elle ne put se retenir et, en pleurant de rage, elle gifla Margot sur la joue droite puis gauche. Mais elle retint très vite sa main car le visage cireux reprit des couleurs. Une tendre rougeur monta aux joues outragées, les lèvres se ranimèrent et s'ouvrirent tout humides et les grands yeux se mirent à briller.

Voir cela fut une expérience abominable qu'Elisabeth n'avait jamais faite jusque-là. Même à présent, Betty en avait froid dans le dos rien que d'y penser.

Jamais plus elle ne toucha Margot et, en vérité, elle laissa tomber.

Peut-être si son amour avait été plus grand, aurait-elle pu éloigner son amie de cette zone dangereuse, mais ce n'était pas le cas et elle recula en frissonnant devant la maladie et devant cette chose inconnue dans la créature qui avait tant compté pour elle.

Après le mariage d'Elisabeth, leur maigre correspondance cessa, car la jeune femme, tout à son bonheur, n'avait aucune envie de penser à l'autre qui demeurait dans les ténèbres.

Jamais Betty ne s'était préoccupée des dernières années de Margot. À présent elle imaginait les longues rues grises de la grande ville et Margot, le col de son manteau relevé, devant les devantures illuminées – une étrangère, solitaire jusqu'à son dernier battement de cœur.

Margot dans l'église crépusculaire, les yeux brûlants et secs, espérant en vain une réponse, au milieu de gens qui ne savaient rien d'elle ou se moquaient de son air farouche, et sous les regards des hommes qui évaluaient et convoitaient ; Margot dans sa petite chambre, allant et venant, dix pas d'un côté, dix pas de l'autre, réfrénant l'envie de se précipiter dans la rue et de crier : « Parlez-moi, emmenez-moi avec vous, parlez... »

Puis la lente asphyxie intérieure et pas un être pour vous délivrer de vous-même.

Et pourtant, tout ça avait bien existé : l'étroit pupitre d'écolière, le visage enfantin, les larges pupilles où miroitait une Margot rieuse, une Margot heureuse. El aussi les petites vagues d'amitié et d'amour qui lui gonflaient le cœur – Elisabeth, la bouche souriante entrouverte comme pour dire, oublie l'obscurité, fais comme moi, tu y arriveras, tu vois bien que tu sais rire.

À Elisabeth, on peut écrire des lettres, elle comprendra et répondra et encore une fois rompra le sombre lien qui menace d'étrangler Margot.

Mais il ne vient aucune réponse, peut-être qu'il n'y a pas d'Elisabeth.

Le visage enfantin et souriant s'efface, les voix menaçantes prennent le dessus. Se boucher les oreilles avec du coton ne sert à rien. Pour supprimer ces voix, Margot doit se supprimer elle-même.

Avec dégoût, Betty pense à la jeune fille devant son miroir qui, image même du stupide béguin amoureux, brossait ses cheveux, épanouie, heureuse, et détestable.

C'était désagréable de fixer l'obscurité, allongée sur le dos, avec le poids de la petite Margot sur la poitrine.

Betty ne faisait pas partie de ces gens qui enterrent leur victime dans la cave, elle était habituée à croiser des fantômes à chaque pas ; c'est seulement ainsi qu'ils cessaient avec le temps de faire peur et qu'on pouvait vivre en leur compagnie sur un pied de relative familiarité. Sans doute y avait-il des maisons qu'elle hantait elle-même et des caves où elle se décomposait recouverte par des montagnes de vieilleries. On ne devait pas chasser Margot par la force même si elle pesait plus lourd que Betty ne l'avait cru.

Calmement elle attendit que la douleur se desserre dans sa poitrine et que le sentiment de chagrin impuissant s'atténue.

Ensuite elle alluma et regarda sa montre. Il était une heure dix et elle sut que cette nuit, comme tant d'autres nuits, elle ne trouverait pas le sommeil.

Les phalènes sortirent de leur coin et des plis du rideau, et se cognèrent lourdement à l'abat-jour.

5

Betty se leva, se versa un verre d'eau et s'humecta les lèvres. Dans le miroir de la coiffeuse, elle vit son visage. La fatigue en avait disparu, la peau s'était retendue et paraissait plus jeune. Les cheveux teints en blond doré ne lui allaient pas, ils la transformaient jusqu'à la rendre méconnaissable et la faisaient paraître plus pâle qu'elle n'était. On ne pouvait pas changer une particularité physique sans faire naître une impression d'ambiguïté.

Betty, qui était obligée de frayer avec beaucoup de monde, ne se sentait jamais à l'aise avec les femmes qui se teignaient les cheveux, détruisaient la ligne de leurs sourcils ou recouvraient férocement leur odeur corporelle par des parfums. Cette soirée et cet après-midi l'avaient plongée dans cette sorte d'accablement que produit un estomac barbouillé. Son esprit était complètement bloqué, comme celui d'un chien de chasse à qui on a fait respirer de l'ammoniaque.

C'était une des raisons qui lui avaient toujours fait préférer la compagnie des hommes. Ils mentaient aussi mais seulement avec la bouche. Leur corps les trahissait, et Betty s'étonnait parfois qu'ils n'aient jamais eu l'idée d'effacer leurs indices, comme les femmes, avec des parfums étrangers et du maquillage. Il n'y avait rien de plus honnête qu'un corps d'homme quand on en connaissait le langage.

Betty sentit que le froid gagnait ses pieds et retourna dans son lit. Maussade, elle attrapa la boîte et sortit la photo suivante, étonnée de l'ordre chronologique dans lequel Käthe avait consigné sa vie. À l'époque d'Elisabeth, les photos et les cartes postales étaient fourrées en désordre dans un tiroir quelconque, vite oubliées par leur propriétaire. Que Käthe les ait conservées si soigneusement au bout de vingt ans, certes dans la chambre d'amis, montrait qu'elle avait gardé dans son cœur une place à l'amie présumée morte, un coin tranquille pour elle seule !

Elle abaissa les yeux sur le groupe de filles assises dans un pré devant un petit lac pittoresque. Les montagnes disparaissaient au loin dans la brume et le cliché avait un peu pâli. Au dos était écrit : « Promenade mai 1923. » Entre les filles se trouvait une jeune femme qui pinçait les lèvres avec arrogance. Même trente ans après, Betty sentit encore remonter un reste de vieille amertume. « Elvira », dit-elle à voix basse en écartant de la lampe les mites et leurs ombres papillonnantes pour mieux voir la photo.

Mme la professeure Elvira K. resta imperturbable et continua à fixer dédaigneusement le photographe invisible.

Ça avait commencé quand Elisabeth tomba sur le visage d'Elvira. Aucun tremblement de terre, aucun ouragan n'aurait pu faire autant de ravages que ne le fit ce visage. Elisabeth ne la connaissait que depuis un an et ne l'avait pas aimée, jusqu'à cet instant. Son prédécesseur, un vieux professeur de lycée, ne s'était jamais soucié de savoir comment il viendrait à bout du programme, il faisait le cours au petit bonheur la chance, soit dans l'enthousiasme, y compris pendant la récréation, soit, s'il n'était pas d'humeur après sa soirée de tarot, en donnant à faire un devoir qu'il ne ramassait même pas, pour, à la fin du cours, donner des notes au hasard. Les filles l'aimaient bien, en partie parce qu'elles pouvaient tranquillement somnoler pendant ses cours, en partie parce qu'il parsemait son discours d'innombrables apartés passionnants. Plus tard Elisabeth remarqua qu'elles avaient retenu chacune de ces digressions et avaient complètement oublié le reste.

Elvira en revanche était systématique. Elle s'en tenait aux grandes lignes, accordait de la valeur aux dates et répétait tout jusqu'à la satiété générale. Sa voix cognait comme un marteau sur la tête des filles. Les stupides et les paresseuses, tirées de leur paisible tranquillité, se voyaient obligées de travailler de gré ou de force. Elles tombaient dans un cruel ennui, ennui dont elles ne pouvaient même pas jouir car la voix inlassable d'Elvira leur perçait les oreilles, cinglante, vive et chassant impitoyablement toute autre pensée. Elle n'enseignait pas seulement avec la voix mais aussi avec les mains, les pieds et chaque mouvement de son corps mince et robuste.

Elisabeth n'aimait pas cette façon qu'avait ce professeur survolté de s'interposer sans arrêt entre elle et le sujet traité, sans faire surgir des images vivantes. Elle regrettait le vieux professeur, sa voix grasseyante de fumeur, ses amples mouvements de mains généreux qui faisaient revivre les personnages historiques.

Jusqu'à ce jour où elle découvrit le visage d'Elvira. Il était en réalité incroyablement beau, mais on n'en prenait conscience que lorsqu'elle se taisait, ce qui lui arrivait rarement. Mais alors, il paraissait surgir des temps et des royaumes disparus : le front bas, les grands yeux noirs et la bouche pleine des Grecs. De temps en temps elle se mouillait pensivement les lèvres avec la langue, ce qui lui donnait un air méchant et en même temps malheureux. Elle portait ses épais cheveux noirs en chignon, ce qui la faisait ressembler aux héroïnes des livres d'histoire. Mais ce visage n'allait pas avec son tempérament, il n'avait rien de commun avec les gestes brefs et musclés et la voix dure, sèche, indifférente. Elle tranchait sans arrêt avec la sérénité des têtes de pierre grecques. Elle était en même temps attirante et repoussante.

Elisabeth fut séduite d'un coup sans comprendre ce qui lui arrivait.

Ce qui n'échappa pas à l'intelligente Elvira. Elle parut amusée en le découvrant et y vit sans doute un petit stimulant dans l'ennuyeux travail scolaire. Elle prit l'habitude de fixer Elisabeth, jusqu'à ce que la jeune fille rougisse. Et Elisabeth était plus souvent et plus longuement interrogée que les autres. Les autres filles s'en aperçurent et devinrent pensives de la voir soudain tombée en disgrâce. Mais Elisabeth releva le défi. Comme elle était incapable de réfléchir quand

Elvira la regardait, elle se mit à apprendre par cœur pour pouvoir résister.

C'était un combat silencieux et âpre en présence de toute la classe, qui était partagée bien qu'un peu déloyale, car c'était Elvira qui avait le pouvoir. À chaque question, Elisabeth pouvait répondre. Mais elle avait souvent l'impression qu'Elvira n'écoutait même pas ses réponses, comme si elle ne savait plus sur quoi l'interroger. L'obsession qu'elle lisait dans les yeux de l'enfant l'avait contaminée. Elisabeth restait debout à son pupitre, les yeux rivés sur le beau et méchant visage, pendant une éternité, lui semblait-il. Elle sentait le sang battre à ses tempes, la pâleur l'envahir, et les bonds sauvages de son cœur sous la blouse noire d'écolière.

Elles étaient face à face, les yeux dans les yeux, ne sachant même plus ce qu'elles disaient.

Jusqu'à ce qu'Elvira se reprenne et ordonne : « Merci, asseyez-vous. » Alors Elisabeth se rasseyait, en nage, toute tremblante, et elle ne relevait plus la tête de son cahier jusqu'à la fin du cours. « On devrait la fusiller », soufflait Margot, furieuse, en prenant la main suante de son amie. Mais Elisabeth retirait sa main et la mettait dans sa poche, désespérée à l'idée de cet incroyable esclavage dans lequel elle était tombée. Vide et lasse, elle n'avait plus qu'une envie, se retirer dans une obscure caverne et être seule.

Ce bizarre combat se prolongea pendant tout un semestre. Elisabeth maigrissait, se réveillait au milieu de la nuit, le cœur battant, en proie à une angoisse panique. Pendant les cours, elle fixait ses cahiers sans les voir et, si elle ne fut pas renvoyée, ce fut uniquement parce qu'on la savait bonne élève et qu'on considérait son relâchement avec une certaine indulgence.

Betty caressa du bout des doigts le visage familier et étranger à la fois, et cet amour qu'elle avait un jour ressenti souleva en elle la nostalgie, la tendresse, l'étonnement, la honte, le désespoir, l'envie de caresser et de tuer et d'être caressée et tuée, tout cela dans un sauvage mélange, ajouté à ce vieux tourment pour ce qui a été perdu et jamais possédé.

Elle revit Elisabeth durant une randonnée dans les montagnes embrumées, un jour de mai humide et froid, avec autour d'elle des éclats de rire de pure joie de vivre, alors qu'elle marchait comme une somnambule derrière le petit groupe. Elle sentit de nouveau les pierres roulant sous ses chaussures, les dures mains sur ses épaules et, un instant, elle fut dans les bras d'Elvira, poitrine contre poitrine, corps contre corps, son souffle chaud et parfumé sur son front. Elvira penchée sur elle, souriant de ses lèvres ourlées de statue grecque, et Elisabeth s'accrochant aveuglément à son cou tout en s'agrippant au tronc d'un jeune sapin.

Betty ne se rappelait pas la fin de cette scène, mais c'est peu de temps après qu'Elisabeth avait dû prendre la décision de se libérer.

Un jour, début juin, elle fut une fois de plus interrogée. Pour la première fois, elle évita le regard de la femme et regarda par la fenêtre. Dehors, la brise d'été agitait le mûrier. Aide-moi, aide-moi, supplia Elisabeth, en fixant sa frondaison. Soudain Elvira ne fut plus là ; sa voix s'affaiblit puis se tut complètement.

Elisabeth s'envola en souriant par la fenêtre, droit au cœur de l'arbre frissonnant. Elle se sentait vide et parfaitement heureuse, enfouie dans cette grande obscurité verte.

Puis elle fut à nouveau debout à son pupitre sans savoir ce qui s'était passé. « Ça ne va pas ? », demanda Elvira, un soupçon de pitié étonnée dans la voix.

Elisabeth se rassit et mit la tête dans ses mains. Elle fut prise d'une faible mais écœurante nausée. À partir de ce jour-là, Elvira déploya une sorte de fausse cordialité qui éteignit en Elisabeth les derniers restes d'amour. Elle ne rougit plus et reprit lentement confiance en elle. Comme une convalescente elle fut un certain temps irritable, encline à la tristesse, mais cela prit fin aussi. Il ne lui resta qu'une minuscule douleur en regardant le visage d'Elvira puis cela cessa aussi, l'année d'après.

Le miracle du mûrier se répéta quelques fois encore dans des situations désagréables. Elisabeth pouvait maintenant le provoquer n'importe quand, mais les années suivantes elle renonça volontairement à ce pouvoir, trouvant malhonnête d'en profiter.

D'ailleurs ce n'était plus nécessaire, depuis le collège elle avait de bonnes relations avec ses professeurs. Les nonnes lui accordaient leur confiance sans vraiment l'aimer, faute d'avoir sa confiance en retour. Enfant, elle avait écrit : « Laissez-moi en paix, je ne veux rien recevoir de vous et je ne veux rien vous donner. » Mais à présent, elle avait décidé de se faire une bonne réputation et de gagner sa tranquillité fût-ce au prix d'un mensonge, tout en se montrant circonspecte vis-à-vis des marques de confiance, mais sans rudesse.

Autrefois déjà, elle soupçonnait que c'était la façon la plus raffinée de mettre au défi l'honnêteté de quelqu'un. Le viol spirituel que cela implique l'autorisait à mentir froidement, sans aucun remords. D'ailleurs il ne s'agissait que de peccadilles, qu'elle rachetait de cette façon, des concessions qu'on aurait pu lui accorder aisément mais qu'on lui refusait parce qu'elles allaient contre l'ordre établi.

Elisabeth se disait qu'elle ne mentait pas aux sœurs mais aux règles et aux lois qui étaient derrière. Et les règles et les lois étaient quelque chose qui finalement n'existait pas, quelque chose qu'on ne pouvait ni toucher ni voir, ni sentir et qu'une loi ne souffrait pas si elle était transgressée.

Dans cette philosophie sommaire qu'Elisabeth s'était bricolée, on pouvait tout faire à condition que ça ne nuise pas à un autre être vivant. Et à qui cela aurait bien pu nuire si elle lisait sous les couvertures avec une lampe de poche ou bien si, lasse de la vie en communauté, elle se retirait dans une pièce vide ou encore se retournait en marchant dans les rues.

Bien sûr la pensée l'effleurait parfois que ce bon sens n'était pas ce qu'elle s'était toujours souhaité. Aussi se permettait-elle de temps en temps un accès d'honnêteté en s'accordant le plaisir de dire la vérité et rien que la vérité.

Elle devait régulièrement payer cher ces lubies et chaque fois elle se promettait avec amertume de ne plus céder à la tentation et d'arrêter de se rendre ridicule. Comment aurait-elle pu savoir qu'avec ses mensonges c'était à elle qu'elle nuisait, en détruisant l'image secrète et inébranlable qu'elle avait d'elle-même au fond de son cœur. L'image ne devait pas trahir son mal-être et il fallait sans arrêt lui redonner un peu d'éclat. Aussi plus elle-même perdait de substance, plus son image devenait resplendissante, dense et toute-puissante.

Cette image ne mentait jamais, montrait un courage inhumain, ne souffrait d'aucune humiliation et n'avait jamais à baisser les yeux de honte. L'image était en général aimée, mais elle n'y attachait aucune valeur, au contraire elle se détournait pour offrir son amour au dernier des hommes, un vrai monstre qui, grâce à cet amour, se changeait en noble chevalier, après quoi Elisabeth était bien embarrassée. Tout était dit, le noble chevalier était parfait et par là sans intérêt.

Elle était alors de mauvaise humeur toute la journée jusqu'à ce qu'apparaisse enfin le nouvel homme de ses rêves et qu'elle replonge dans son état somnambulique.

Par malchance, on leur lut justement en classe *Le Prince de Hombourg* et *La Petite Catherine de Heilbronn*. Une part d'Elisabeth, qu'elle avait combattue jusqu'à présent comme une chose méprisable, fut malheureusement réveillée et, disons-le, confortée. Il lui fallut des années pour arriver à se débarrasser de cet enchantement dans lequel le poète l'avait plongée.

Plus elle s'abandonnait à ce rêve, plus elle devenait banale, jusqu'à ne plus être qu'une mince enveloppe posée sur un monde de pensées et d'images anodines. Parfois elle se réveillait, et elle était étonnée, simplement étonnée : la vie réelle, froide, incolore et inodore existait bel et bien et, d'un bond, elle replongeait dans son monde imaginaire. Elle pouvait aimer et haïr comme la petite Catherine ou Penthésilée, mais ne le pouvait plus en tant qu'Elisabeth. Les souffrances d'un personnage imaginaire l'émouvaient jusqu'aux larmes, mais elle ignorait le chagrin d'une camarade de classe, car ce chagrin n'était pas esthétique.

Certes, il y avait des moments où elle en avait assez de vivre en pensée. Alors ses rêves lui semblaient haïssables, presque aussi haïssables que les lugubres fourvoiements de Margot dans l'ascèse. Alors elle avait affreusement honte et se rapprochait de Käthe qui semblait épargnée par toutes ces maladies et n'était qu'un corps jeune et en bonne santé. Sa simplicité était un baume sur l'âme démoralisée d'Elisabeth.

Dans ces moments de lucidité, qui arrivaient immanquablement, elle se voyait, à la froide lueur du jour, incapable d'amour et de grâce, une maigre fille de dix-sept ans qui se tenait voûtée, les mains crispées et un pli désagréablement féminin autour de la bouche.

Sur les deux dernières années au couvent, les souvenirs de Betty avaient un peu pâli, tout était plus brumeux et plus impersonnel qu'avant. Seuls émergeaient les moments de crises, entre de longues périodes imaginaires, comme les premières terreurs devant la mort qui la laissaient baignée de sueur, le cœur frappant contre les côtes, pendant qu'à demi évanouie elle murmurait des paroles incohérentes.

Ce n'était pas tant la crainte des châtiments de l'enfer dont on l'avait menacée pendant des années, mais la révolte panique du corps et de l'âme à l'idée de devoir un jour disparaître. Elisabeth se voyait ensuite allongée sous la terre, pareille aux pourritures qu'on ne peut approcher sans dégoût, et elle croyait sentir l'horrible puanteur que même une mère n'aurait pu supporter. Dieu lui-même devait reculer devant ce qui restait de sa créature.

Avec une aveuglante clarté elle savait que ceci était la seule vérité et que tout le reste était mensonge et fuite. Elle essayait de prier mais sans la force de la foi. Aucun amour n'est plus grand que la mort, elle le percevait dans tous les membres de son corps affolé.

Quand la crise était passée, elle essayait de s'accrocher à une pensée solide, à quelque chose qui lui offrirait une protection et une forteresse contre la peur paralysante. Et elle prenait la décision de ne pas fermer les yeux devant la vérité, mais de faire honte à Dieu et ainsi de vivre comme si la mort visqueuse et haïssable, l'horrible dissolution, n'existait pas.

Plus tard, elle supporterait les crises nocturnes avec plus de dignité et attendrait tranquillement que ça cesse. La peur de mourir sans avoir accompli une seule fois ce pour quoi elle se sentait appelée la tourmenta bien plus fréquemment. Elle n'avait aucune idée de ce que cela pouvait être, mais cette réalité la plaçait devant cette situation déplorable : elle n'était qu'une écolière et devait attendre. Au fond c'était un soulagement de savoir que l'acte décisif restait dans un lointain avenir car la vie quotidienne serait devenue caduque d'un coup. Elle savait, en gros, comment doit se conduire un héros mais elle ignorait comment il déjeune, se fait plomber les dents ou cherche les toilettes. Or il est malheureusement évident qu'on ne peut pas se passer de ce genre de choses.

Penser à ce qui devait être accompli l'assommait et elle était incapable d'y réfléchir plus de deux minutes sans s'endormir.

Brusquement Betty vit sa vie avec les yeux de la jeune Elisabeth et elle fut effrayée. Où était donc l'acte décisif qui devait justifier cette vie ? Son unique prouesse était d'avoir suivi la voie droite et étroite qu'elle avait commencé à suivre à dix ans sur le chemin de la forêt vierge. Elle n'avait échappé ni aux pièges à renard ni aux nids-de-poule. Des silhouettes inquiétantes tapies derrière les buissons l'avaient agressée, battue et dévalisée mais elle avait continué à quatre pattes, mètre après mètre. Et elle le savait, elle mourrait sans avoir pénétré au cœur de la forêt vierge et la nature sauvage se refermerait sur ses os, comme si elle n'avait jamais existé.

Mais cette pensée ne l'affligeait plus.

Il fallait tout regarder avec les yeux de la forêt vierge, avec ces yeux vénérables, sages et impitoyables. Elle était une intruse qui avait refusé de suivre les chemins balisés, elle était un bouffon et c'était bien fait pour elle.

Mais elle ne regrettait rien, la vie était belle, terrifiante, douce et sans pitié et toujours plus forte que le cœur qui lui résistait. On ne pouvait même pas parler d'un combat à la Pyrrhus, c'était une défaite qui l'attendait. Et au fond, c'est ce qu'elle voulait : être vaincue après une lutte inhumaine et être obligée de se rendre sans condition.

Jamais, c'était clair à présent, elle n'avait sérieusement souhaité être victorieuse, toujours elle avait soupçonné le vide mortel qui attendait le vainqueur. Elle n'avait même pas été une créature bénéfique, la vie l'avait tellement accaparée qu'elle n'était jamais arrivée à se rendre utile. Si quelque chose de bon était arrivé grâce à elle, c'était par pur hasard et cela aurait aussi bien pu mal tourner. On ne pouvait jamais savoir ce qui pouvait résulter des actions de quelqu'un et rien ne causait plus de dégâts que la bonne volonté empressée ou le zèle. Même un ermite dans sa caverne pouvait jeter le trouble dans les cœurs des autres, sans mettre un pied dehors ni ouvrir la bouche, uniquement par sa simple existence.

Betty s'aperçut qu'elle fixait depuis un long moment la photographie d'un jeune homme aux cheveux gominés. Puis elle sourit. C'était Walter, son cousin cultivé et son mentor. Quel était leur degré de parenté, elle ne l'avait jamais vraiment su. Elle se souvenait juste qu'elle était venue habiter chez ses parents, dans la capitale, pour connaître la « vraie vie », en récompense de ses longues années de couvent.

Mais cette « vraie vie » n'avait pas impressionné Elisabeth le moins du monde. Elle était malheureuse et elle se sentait délaissée après la contrainte pénible certes mais familière. Il n'y avait soudain plus rien à quoi s'opposer par la violence ou par la ruse. On était prêt à lui pardonner ses humeurs avec patience et affection, pourtant elle n'était pas capricieuse mais elle s'ennuyait atrocement et regrettait de façon incompréhensible le couvent.

Elle tournait dans l'appartement de sa tante comme une somnambule et passait la journée à attendre le soir où elle pourrait se réfugier dans la solitude de sa chambre et essayer de retrouver son ancien monde imaginaire. Mais elle n'y arrivait plus, quelque chose prenait fin et elle ignorait ce qui allait venir.

Heureusement, il y avait Günther, de dix ans son aîné, à qui elle pouvait se confier, qui l'emmenait au théâtre, au concert et aux expositions et dont l'esprit débordait de chiffres et de noms. Jusqu'à ce qu'un jour, devant un héron empaillé, il lui demandât si elle l'aimait. Elisabeth, que la question gênait horriblement, répondit oui pour ne pas le blesser et dès lors ils furent fiancés.

La tante pleura d'émotion et l'embrassa avec enthousiasme sur les deux joues. Plus tard elle se regarda dans le miroir de l'antichambre, se frotta la figure et se dit qu'il était facile de rendre heureuse toute une famille.

De ce qui s'ensuivit, elle n'avait plus que des souvenirs confus de rues, de musées, de pâtisseries et de visites à d'ennuyeux inconnus qu'il lui fallait embrasser. Mais plus nets dans sa mémoire étaient restés l'agacement et l'impatience où la plongeaient les caresses de Günther. Elle veillait sans cesse à entretenir la conversation pour lui faire oublier son désir amoureux.

Elle se mit peu à peu à réfléchir à sa situation en observant les hommes dans la rue ou au concert. Ils lui paraissaient tous pareillement ridicules et peu désirables ; elle ne comprenait pas pourquoi il y avait tant de femmes belles et tant d'hommes laids. Sa tante partageait son avis et disait que c'était parce que les hommes étaient trop occupés à gagner de l'argent. Elle-même, à cinquante ans, paraissait agréable et rose à côté de l'oncle ridé et grisâtre. Quand Elisabeth lui demanda alors pourquoi le laitier, l'électricien et même le facteur étaient bien bâtis, bruns et gais, la tante répondit que c'était parce qu'ils ne gagnaient pas leur argent avec la tête mais avec les mains. Après quoi, Elisabeth eut une certaine prévention contre les professions qui avaient une mauvaise influence sur l'apparence physique de ceux qui les exerçaient.

Elle avait peur que très vite Günther ne devienne comme son père, tout en espérant qu'entre-temps elle se serait habituée à lui.

Il aurait été idiot d'espérer un miracle. Il n'y aurait pas d'Edmond et de comte Wetter vom Strahl, et son père ne permettrait jamais qu'elle épouse un laitier ou un balayeur de rue.

Pour échapper aux caresses lassantes de Günther, elle décida de rentrer chez elle pour pouvoir enfin jouir des préparatifs des fiançailles, des longues lettres enflammées et de la conscience d'être aimée et importante.

Quand ils se quittèrent, Günther l'embrassa sur la bouche et elle serra les lèvres en retenant son souffle.

Chez elle, dans sa chambre d'enfant, parmi les objets familiers, elle reprit ses esprits. Elle s'assit et écrivit une lettre de rupture, pleine de ménagement mais inexorable, puis elle se lava la bouche au savon pour effacer les dernières traces de la « vraie vie ».

Betty réfléchit à la lettre de rupture, à cause d'elle ce jeune homme quelconque avait souffert, autant peut-être que cet autre homme qu'elle ferait plus tard souffrir. D'où lui venait cette indépendance incompréhensible de l'âme et du corps ? Sans se préoccuper des conséquences, les corps l'incitaient au jeu mystérieux de l'attirance et de la répulsion, la rendant aveugle et indifférente à ce qui pourrait en résulter.

Elle n'avait jamais été capable de désobéir à son corps. Chaque fois qu'elle l'avait fait un malheur en avait résulté. Elle pensa en frissonnant à la misère de ces milliers de femmes, dans les siècles passés, qu'on avait mariées contre leur gré.

Nous serions toutes belles et meilleures, pensa-t-elle, si nous n'étions pas issues des mensonges de nos ancêtres. Combien de gens laissaient supposer que leurs parents se détestaient et qu'ils avaient grandi dans un corps qui avait dû se défendre désespérément contre eux ! Elle vit clairement le combat mortel du petit embryon contre le corps ennemi de la mère et le supplice d'être expulsé de la douce et sombre chaleur.

6

Betty frissonna et essaya de chasser l'image. La photo montrant le visage de Günther était depuis longtemps retombée dans la boîte.

Elle se remémora l'automne de l'année 1927. À présent les journées d'Elisabeth se déroulaient égales et paisibles. Sa mère la gâtait, son père était content de l'avoir de nouveau à la maison et personne ne semblait se préoccuper sérieusement de projets d'avenir. Ses parents voulaient rattraper les longues années où ils avaient été privés de leur unique enfant et la traitaient comme la fillette de dix ans qui les avait quittés neuf années auparavant.

Un jour chassait l'autre, grasse matinée, petit-déjeuner copieux sans réel appétit, matinée passée à traîner, déjeuner, un tour en ville avec sa mère, un peu de musique, quelques visites l'après-midi, et déjà c'était l'heure d'aller au lit avec un livre de la bibliothèque paternelle.

Parfois elle faisait une timide tentative pour aider au ménage, mais sa mère et la bonne l'en dissuadaient, affectueusement mais avec fermeté. On lui faisait comprendre qu'elle n'y entendait rien et que ce n'était pas un travail pour une « enfant ». Elle devait d'abord récupérer, ensuite on verrait.

Elisabeth se regarda alors dans la glace et trouva qu'en effet elle était pâle et avait les traits tirés. Elle se mit à se sentir fatiguée et toujours somnolente, mais plus elle dormait plus elle devenait pâle et apathique.

Elle avait renoncé à ses anciens rêves, ils lui étaient désagréables. Le visage de Günther y apparaissait toujours, comme cette réalité qu'elle préférait à fortiori ignorer.

Elle se disait que quelque chose n'allait pas et qu'elle ne pouvait continuer à vivre ainsi. Mais dès qu'elle avait pris une décision quelconque, sa mère l'appelait pour le café ou son père lui proposait une partie d'échecs. On alluma le premier feu dans la cheminée, il réchauffait et endormait, et Elisabeth se sentait abrutie par tant de confort. Elle fuyait toujours plus profondément dans le sommeil. Et, peu à peu, elle tomba malade.

Il arrivait que, se réveillant, elle soit incapable de faire un mouvement. Prise d'angoisse, elle passait des minutes, qui lui paraissaient des heures, à essayer de soulever une paupière, ou de bouger un doigt. D'à côté parvenaient les voix de ses parents. Elle se rendormait, épuisée par ses efforts, et retrouvait au réveil le même cauchemar. Il lui arrivait de rester au lit jusqu'au milieu de la matinée, tourmentée par des rêves angoissants et incapable de se lever. Sa mère disait que c'était à cause de l'anémie et que si elle dormait tout son soûl ça irait mieux. Mais ça ne faisait qu'empirer. Le soir elle mettait de plus en plus longtemps pour s'endormir, son corps se transformait de façon inquiétante comme s'il allait se dissoudre tandis que ses membres perdaient leur coordination. Soudain une main s'allongeait comme une patte, le pied gauche se rétractait en minuscule pied de nourrisson et elle était terrifiée.

Bien sûr, elle connaissait parfaitement son corps, mais ce n'était pas une consolation, dès lors qu'elle le sentait se transformer et devenir étranger, un morceau de viande qui proliférait dans toutes les directions et devenait autonome. Elle avait si peur qu'elle se mettait à sangloter, mais même ces larmes n'étaient pas ses larmes à elle, c'étaient celles d'une autre créature.

Seulement séparée de ses parents par un mur, elle se sentait livrée à toutes les atrocités. Les deux personnes qui ne voulaient que son bonheur faisaient des mots croisés dans leur lit sans se douter de sa détresse.

Betty songea à la solitude. Le vieil homme est seul parce qu'il ne peut communiquer avec les jeunes qui ne le croient pas parce qu'ils manquent d'expérience. Or il voudrait désespérément être écouté, d'autant que le fils de celui-ci prend la même voie funeste que celle qu'avait empruntée son père. Mais la solitude du jeune est bien plus profonde et vraiment tragique parce que la jeunesse croit qu'elle seule connaît ce désarroi, ce malheur et les impasses de la vie. Son indépendance est celle du prisonnier dans sa cellule qui ne se doute pas qu'il est environné de codétenus avec lesquels il pourrait communiquer par signes de tête.

Ainsi Elisabeth, allongée dans son lit, souffrait, silencieuse et désespérée, sans comprendre ce qui lui arrivait. Elle était persuadée qu'elle allait perdre la raison s'il ne se produisait pas bientôt un miracle. Mais elle savait aussi qu'il n'y aurait pas de miracle et que c'était à elle de sortir avec violence de cet état insupportable.

Mais le jour suivant, au milieu des visages familiers, les expériences nocturnes lui paraissaient incroyables et exagérées. Elle sentait couler autour d'elle le lait chaud de la sécurité. Assise à sa table et la tête posée sur ses bras, elle avait l'impression de sentir le doux breuvage lui lécher les pieds, patient mais inexorable comme une invitation à s'abandonner à la chaleur, au silence et à la sécurité. C'était incroyablement horrible et séduisant.

Un après-midi, alors qu'assise devant la table à ouvrage, elle brodait un coussin inutile, elle sortit de son inertie et regarda par la fenêtre. La première neige était tombée et s'étendait comme une couverture transparente sur le gazon jauni du jardin. Elle devait souffler une agréable froideur. Dans la pâle lumière de novembre, le paysage familier, le mur du jardin, la rue, les arbres fruitiers dénudés et les poteaux télégraphiques étaient devenus tout à fait étrangers.

Elisabeth y vit une invitation à sortir dans cet après-midi glacé et inhospitalier et à fouler la neige timide du jardin pour redevenir ce qu'elle avait été.

La nostalgie de la dureté, du froid et du travail l'envahit malgré une résistance qu'il lui faudrait briser. Elle déglutit plusieurs fois d'énervement, piqua son aiguille dans le coussin et alla à la fenêtre.

La vitre était froide sous ses lèvres et soudain elle entendit les battements de son cœur, bruyants, forts et heureux.

Le soir elle demanda à son père la permission de s'inscrire dans une école de commerce de la ville. Elle pourrait ensuite chercher un travail, en habitant à la maison. Comme chaque fois qu'elle avait une idée en tête, elle obtint ce qu'elle voulait.

Le commercial n'intéressa pas Elisabeth, c'était une évidence, elle apprit rapidement l'indispensable et consacra le reste de son temps aux loisirs : lire dans une bibliothèque de prêt, faire de grandes promenades, aller au théâtre ou aux concerts et être libre. Elle ne chercha pas à se faire des amies, elle pensait confusément que le temps de l'amitié était terminé. Elle évita les hommes qui la poursuivaient, agacée par les ennuyeuses déclarations d'amour qu'elle trouvait pénibles. Son corps oublia bientôt cette paralysie bizarre dont elle avait souffert, elle se levait tôt de nouveau, allait se promener seule et dormait profondément.

Au fond cette année-là fut une tentative de revenir au temps de ses études et d'oublier ce qui était arrivé depuis. Mais elle ne retrouva pas l'impression ancienne de se mouvoir dans une contrée connue. Tout resta facultatif, la peine douce et l'amitié vague et impersonnelle.

La photo suivante montrait un groupe de jeunes gens dont elle n'avait aucun souvenir, et pourtant elle avait dansé, ri, parlé avec eux.

C'était l'époque du travail de bureau. Pendant ses loisirs, Elisabeth se mit à jardiner avec passion, taillant les vivaces, bêchant la terre humide, obsédée par le désir de faire quelque chose de concret. Elle était toujours bannie de la cuisine et du ménage sous le prétexte qu'elle travaillait dur au bureau. D'ailleurs elle avait peu de dispositions pour ce type d'activités, elle préférait travailler au grand air et apprit tout ce que son père savait du jardinage, sauf à tailler des arbres fruitiers, greffer et trouver les campagnols.

Une fois, elle exprima le timide désir de suivre des cours de jardinage, mais son père, qui avait toujours été souple avec elle, dit seulement « impossible ». Elisabeth comprit. L'idée que sa fille, qui avait reçu une bonne éducation, doive toute sa vie bêcher, avoir les ongles sales et vivre en tablier bleu et sabots lui paraissait tout simplement absurde. Si elle n'insista pas, c'est qu'elle savait qu'elle finirait bien par lui soutirer son autorisation.

Cette année-là, elle ne fut pas vraiment heureuse mais pas non plus déprimée et lorsque, au milieu d'un mois de juin pluvieux, son chef, Anton Pfluger, lui demanda sa main, elle dit oui.

Devant la photo des fiançailles, Betty devint pensive. Elle avait dit oui sans trouver d'autre raison, sinon celle frivole et insuffisante qu'Anton Pfluger avait sur la lèvre supérieure une grosse envie brune, qu'elle ne pouvait s'empêcher de fixer, comme hypnotisée. En plus ses cheveux formaient un épi et elle avait le désir éperdu de prendre son visage dans ses mains. Et puis il sentait meilleur que la plupart des hommes qu'elle connaissait. C'est pourquoi Elisabeth pensait que les conditions étaient réunies pour un mariage réussi. Et ce fut incontestablement un bon mariage, jusqu'au jour où Elisabeth disparut de la vie d'Anton.

Que le jeune Pfluger, qui avait perdu ses parents, en plus d'être un soi-disant bon parti, ne l'intéresse pas plus que ça, se révéla très agréable.

Sur la photo des fiançailles, ils semblent tous les deux un peu anxieux comme s'ils ne savaient que faire de leurs mains. Elisabeth porte une robe qui la montre aussi plate qu'une fillette de dix ans, ce qui, autant que Betty s'en souvenait, n'était pas le cas. La robe était à rayures, vieux rose et argent, et la ceinture s'égarait là où elle n'avait rien à faire. Betty passa la main sur le visage d'Anton, le papier était lisse et froid.

Dommage, pensa-t-elle, dommage. Par la suite, il trouva une femme qui lui convenait mieux. Mais peut-être se réveillait-il parfois en sursaut, avec le cœur battant, en croyant sentir à ses côtés celle qu'il avait perdue. Pourtant il n'y avait à ses côtés que Käthe qui respirait paisiblement. Et à son soulagement se mêlait, qui sait, une déception.

Betty s'aperçut que cette pensée lui était douloureuse sans en comprendre la raison. On ne pouvait pas tenir à quelque chose et le rejeter. Et pourtant elle y parvenait grâce à cette vieille ambivalence, qu'elle avait toujours connue. Elle avait un jour choisi la liberté, la froideur et l'indépendance, et cependant toute sa vie elle avait soupiré après la tendresse, la chaleur et la sécurité. Connaître cette ambivalence ne lui avait pas permis de la dépasser.

Betty se ressaisit et, d'un geste sec, elle reposa la photo des fiançailles. Mais le chagrin tenace pour ce visage, qui n'existait plus, demeura. Pauvre Toni, pensa-t-elle, et elle le vit soudain devant elle comme elle ne l'avait jamais connu, comme un homme vieillissant. Il occupait ses journées avec des comptes, des calculs, des statistiques et des problèmes d'impôts, puis passait quelques heures avec Käthe et les enfants, et dans la nuit le sommeil bref, la douleur brutale dans la poitrine dont on ne parle pas, et parfois le sentiment confus d'avoir perdu ou oublié quelque chose d'important. Pauvre Toni, pensa-t-elle, et elle se rappela soudain avoir très vite pensé cela après leur mariage. Jamais elle n'avait trouvé la cause de cette vague pitié mais elle l'avait toujours éprouvée devant le beau visage honnête, en même temps que cette jalousie, cette envie d'être « pauvre », simple et honnête comme lui.

7

Il n'y avait pas de photo de l'année 1931-1932 et Betty en fut heureuse. Elle posa la boîte sur la table de nuit, éteignit la lampe de chevet et décida de dormir enfin. Le bienheureux assoupissement ne vint pas. Elle soupira et se coucha sur le dos. Alors, sur les ténèbres rouges se détacha le visage de l'autre homme, et s'avança vers elle.

Cette vision ne dura qu'un instant et resta floue. Si quelqu'un lui avait demandé à quoi ressemblait Lenart, il lui aurait été difficile de répondre. Elle ne savait plus si ses cheveux étaient bruns ou noirs, ses yeux gris foncé ou marron, elle ne se rappelait clairement que sa bouche, une grande bouche qui semblait triste et peu aimable.

Betty leva la main et dessina cette bouche dans la nuit.

Même son prénom, elle l'avait oublié, elle se tortura un moment pour le retrouver, mais en vain. Même autrefois, vingt ans avant, elle ne l'avait jamais appelé que Lenart, et encore d'une façon évasive.

En mars 1931, Toni l'avait emmené à la maison, au grand déplaisir d'Elisabeth qui râlait chaque fois qu'un étranger envahissait le foyer familial. Toni recevait ce genre de visiteurs dans le fumoir, leur offrait un moka et du cognac puis parlait affaires. Pour une raison quelconque, qu'elle avait oubliée immédiatement, Lenart s'intéressait aux clous. Toni, pour faire bonne impression à cette nouvelle relation, essaya, les jours suivants, d'expliquer au moins deux fois à Elisabeth le poids financier de cet homme, qu'elle trouvait affreusement ennuyeux.

Comme toujours dans ce genre de conversation, elle regardait Toni droit dans les yeux en posant des questions qui montraient qu'elle n'avait pas écouté, et quand il tentait de les lui expliquer, elle se perdait dans l'observation de son visage si agréable et si amical, dessinant en silence la ligne de ses sourcils et comptant les petites taches de son sur ses joues.

À cette époque, elle n'avait pas encore compris qu'un esclave doit parler et comprendre la langue de son maître s'il veut s'affirmer dans ce monde. Ce n'est que beaucoup plus tard qu'elle découvrit et apprit comment parler aux hommes. Ce savoir était superficiel mais suffisant pour comprendre les commerçants, les politiques et les artistes. Elle acquit la réputation d'une femme avec qui on pouvait parler comme avec un homme et, à partir de ce jour, ses entreprises furent couronnées de succès.

Lorsque Toni lui parla de Lenart, elle se sentait encore assez assurée et en sécurité dans son monde pour ne pas faire semblant d'être intéressée. Au fond, elle était persuadée que le travail de Toni était une honte pour un homme, oui, que presque toutes les professions étaient une honte pour les hommes. Elle trouvait ridicule et triste qu'un homme grand et costaud reste assis à son bureau à dicter des lettres d'affaires au lieu de faire quelque chose de concret, ne serait-ce que forger des clous, planter des arbres ou inventer quelque chose d'utile.

Encore aujourd'hui, Betty ne pensait pas autrement, mais elle se gardait bien de l'avouer. Avec le tranquille cynisme des femmes, elle observait qu'une moitié de l'humanité sabote en secret, mais résolument, ce qui paraît infiniment important à l'autre moitié. Mais, en aucune façon, elle n'aurait voulu vivre dans le monde féminin de l'utilité et de la raison où il n'y aurait pas de grande guerre ni de famine, mais rien non plus de bien gai.

Elle aimait beaucoup les débats stériles et sans fin de ses amis, ce jeu avec les mots et les idées, et elle s'attendait toujours à voir sortir des ballons de baudruche de la bouche des discoureurs avant d'exploser avec un léger splash. Elle observait les raies dans les cheveux, les calvities roses, les lorgnons, les barbes, les ventres respectables, les épaules maigres et le mortel sérieux des visages masculins, et ce n'était pas de la coquetterie. Moquerie et tendresse alternaient en elle et elle devait se retenir de ne pas caresser ces têtes pensantes en leur murmurant : « Oui, excellent, vous avez dit quelque chose de très beau, de vraiment très beau. »

Mais en ce temps-là, elle n'aimait pas que Toni amène ses relations d'affaires. Elle s'y résignait bien sûr par nécessité, mais elle soupçonnait obscurément, déjà jeune femme, que ce qu'ils disaient entre les innombrables cigarettes, le café et le cognac, ils auraient très bien pu le régler en quelques mots sur le seuil de la porte.

Ces soirs-là, allongée dans le lit, elle se disait que Toni n'était pas différent des autres hommes. Et quand il arrivait, empestant la fumée et l'alcool, elle lui tournait le dos et faisait semblant de dormir. Elle se disait qu'elle aurait dû admirer son sens des affaires et son intelligence, mais elle savait que c'était uniquement pour excuser ses désagréables habitudes masculines, parce qu'elle l'aimait.

Un soir de mars Toni rentra, en compagnie de Lenart. Elisabeth, qui venait de baigner le petit, s'essuya le visage avec le dos de la main, arrangea sa frange sur son front et gagna le salon. Lenart lui baisa la main et elle ne comprit pas son nom. Sa seule pensée était qu'elle devait être couverte de talc. Mais après avoir jeté un coup d'œil au miroir, elle fut rassurée.

Elle se mit alors à examiner l'étranger. Quelque chose en lui ne lui plaisait pas. À son étonnement, elle se sentit offensée par la futilité de la conversation. Ce ton que les hommes adultes emploient pour parler aux enfants, aux femmes ou aux simples d'esprit, l'irrita particulièrement dans sa bouche.

Elle finit par faire servir le dîner, mais, tout en écoutant, les paupières à demi baissées, son exaspération incompréhensible ne fit que croître. Elle ne répondait que par monosyllabes et Toni, qui remarqua son irritation, se retira dès la fin du dîner avec son invité. Elisabeth s'assit dans un coin avec un livre et se mit à lire un peu distraitement jusqu'à ce que Lenart vienne prendre congé une heure après.

Quand il se pencha sur sa main, elle fronça les sourcils comme si elle ne le voyait véritablement qu'à présent et, à son propre agacement, elle évita son regard.

Ce soir-là, elle se montra impatiente et irritée contre Toni qui lui dit qu'il ne la comprenait pas, car Lenart était quelqu'un de tout à fait agréable et de bien élevé et, point capital, un excellent commerçant.

Elisabeth soutint qu'il lui était antipathique, Toni répliqua que ce n'était qu'un avis subjectif. Des mots comme subjectif ou illogique l'agaçaient follement et la mirent en colère, mais une partie d'elle resta froide et imperturbable. Puis, en se voyant les cheveux ébouriffés, les yeux pleins de larmes, en sous-vêtements debout devant son lit, elle se tut, honteuse et effrayée.

Toni ne dit plus rien. Il se demandait visiblement si cette sortie avait une raison physiologique, ce qui eut le don de l'énerver encore plus car il ne lui était jamais venu à l'esprit qu'elle pouvait être de mauvaise humeur pour des raisons physiologiques.

Finalement, déjà à moitié endormie, en entendant la respiration calme et régulière de Toni, elle se retourna et l'embrassa sur la joue, remplie de remords. L'odeur de sa jeune peau saine lui fit aussitôt oublier leur dispute.

Mais Lenart revint une fois puis une autre. Son intérêt pour les clous parut à Elisabeth inhabituel et même excessif, et sa visite la mettait chaque fois de mauvaise humeur.

Après la quatrième visite, elle fut persuadée qu'il voulait entraîner Toni dans une affaire louche et elle fit part de ses soupçons à son mari. Mais celui-ci se contenta d'en rire et l'assura que Lenart était quelqu'un de tout à fait sérieux et qu'on ne pouvait pas lui reprocher d'aimer s'entretenir avec lui, Toni.

Elisabeth comprit à son ton qu'il se sentait flatté par l'intérêt que lui portait un homme plus âgé et plus expérimenté, et elle ne dit plus rien. Mais il était clair que Toni, même si elle l'aimait, ne possédait aucune des qualités qui auraient pu captiver un homme comme Lenart, et elle se mit à observer le visiteur de plus près.

Sa voix, ses gestes et ses mimiques montraient qu'il était intelligent, habile, froid et impitoyable, qualités qui expliquaient son succès en affaires. Mais il y avait aussi en lui autre chose qu'elle n'arrivait pas à élucider et qui avait à voir avec sa bouche. On le remarquait particulièrement lorsqu'il se taisait.

Parfois, elle pensait qu'il s'agissait d'une grande tristesse cachée, mais une tristesse carnassière, qu'il ignorait lui-même. Plus qu'à un homme il lui faisait penser à un grand animal, un de ces animaux des jardins zoologiques qui, derrière les barreaux de leur cage, regardent dans le vide, secouant la tête dans leur souffrance obtuse et muette.

Dans de tels moments, elle était tentée de poser la main sur cette grande bouche grave comme on la pose sur les naseaux d'un cheval pour lui témoigner sa sympathie.

Mais dès qu'il se remettait à parler, elle ne voyait plus en lui que l'homme d'affaires qui lui inspirait défiance et hostilité. Son regard l'ébranlait. Il lui semblait qu'il attendait en toute sérénité quelque chose qui pouvait se produire à tout moment et qu'elle était incapable de se représenter.

Et chaque fois, malgré sa parfaite courtoisie, elle se sentait blessée.

Elle en vint à se disputer régulièrement avec Toni à cause de lui. C'étaient toujours de petites algarades stupides et sans motif qui étaient vite oubliées, mais c'était justement leur futilité qui la rendait malheureuse, car elle aurait préféré une vraie dispute.

Mais comment trouver un sujet de dispute ? Toni était toujours paisible, taciturne et amical. Tout ce qu'il demandait c'était de pouvoir lire son journal en paix, de parler un peu de l'entreprise et de jouer une demi-heure avec son enfant. Quand il la regardait avec ses yeux marron étonnés qui ne se doutaient de rien, elle devait parfois détourner les yeux. Elle se précipitait dans la chambre, posait sa tête sur son bras et se sentait abandonnée par le monde entier.

Betty se souvenait d'un certain soir où elle s'était relevée, le visage en larmes, en lissant sa robe chiffonnée.

Du salon parvenait la voix de Toni qui parlait au petit, suivie des légers rires de l'enfant. Dans le jour tombant elle ne distinguait que le contour des meubles, mais sous la porte passait un trait de chaude lumière dorée.

Soudain Elisabeth sut qu'elle n'avait pas sa place ici, que les voix qu'elle entendait étaient celles d'un homme et d'un enfant étrangers. Comme si elle s'était faufilée dans une confortable maison bourgeoise et s'attendait, angoissée, à être découverte. L'édredon de soie, les vêtements dans l'armoire, rien de tout cela ne lui appartenait à elle.

Puis elle se vit dans la rue, regardant, par-dessus la haie, la villa jaune. Le soleil tombait sur l'allée de graviers et sur les corbeilles rondes de roses jaunes. La famille sortit de la maison, un homme bien habillé qui ressemblait à Toni, seulement un peu plus âgé, une femme en tailleur gris et leur fils d'environ dix ans en culotte courte et en socquettes. La femme ne la reconnut pas. Tous les trois descendirent les marches, les rayons de soleil sur les épaules et ils paraissaient heureux entre eux. L'instant d'après l'image avait disparu. Elisabeth tira machinalement sur sa jupe, craignant un peu, tout en le souhaitant ardemment, d'être loin du doux édredon de soie et des voix rieuses dans la pièce à côté. Elle aurait aimé marcher seule par une nuit d'hiver glaciale dans une forêt enneigée, être allongée sur une prairie d'alpage inondée de soleil, dans le parfum du thym, ou bien voguer sur un lac à grands coups de rames, en sentant la froideur des gouttes éclaboussant ses joues. Même l'idée d'une petite chambre d'hôtel glacée avait soudain quelque chose d'attirant, une chambre où l'on peut faire ce qu'on veut, dormir seule, lire la nuit, manger sans assiette, sans couverts d'argent et sans nappe, une chambre où l'on peut rire si on a une raison de rire et où l'on peut déchirer son mouchoir si l'on est en colère.

Elle déboutonna sa robe et, sentant l'air froid sur sa poitrine, elle fit la grimace dans la pénombre et dénoua ses cheveux.

Les voix heureuses, qu'Elisabeth n'écoutait plus, venaient toujours à travers la porte entrouverte.

Elle pensa à tout ce qu'elle ne connaîtrait jamais : le désert, la haute mer, la jungle et la steppe, la lumière du Nord, les gratte-ciel des grandes villes lointaines, les parcs anglais, le tumulte et la puanteur des ports africains et les montagnes des Andes. Et encore c'étaient là des choses accessibles. Jamais elle n'irait sur une autre planète, jamais elle ne rencontrerait un dinosaure et jamais elle ne parlerait avec Akhenaton, Alcibiade ou Sémiramis, pas même avec le moindre esclave de la maison de César ni avec un être humain qui naîtrait à l'heure de sa mort.

Elle pensa aussi aux montagnes de livres qu'elle ne lirait jamais et aux champs de fleurs dont elle ne respirerait pas le parfum, aux grands et doux troupeaux dont elle ne comprenait pas la langue, aux foules de prunelles, de longs cils, de cheveux brillants, à la beauté de la terre qui disparaîtrait sans qu'elle l'ait admirée. Elle pensa à la tendresse d'enfants blancs, bruns ou jaunes, à leur parfum et aux étreintes d'hommes étrangers qu'elle ne connaîtrait jamais.

Sa soif d'inatteignable se transforma lentement en tristesse.

Elle reboutonna sa robe, alluma et brossa ses cheveux en bataille. Elle effaça les traces luisantes de larmes sur ses joues avec de la poudre et descendit au salon.

Entre-temps les deux Toni avaient tendu un cordon à travers la pièce et essayaient d'apprendre à un canard de bois à marcher sur la corde.

Elisabeth souleva le petit et l'embrassa comme s'il pouvait lui tenir lieu de tout, mais il se débattit pour revenir à son canard. Elle le reposa donc sur le sol et alla à la cuisine pour voir où en était le dîner.

Mais elle constata une fois de plus combien elle était inutile. La brave Anna s'occupait du ménage, Toni n'avait besoin de rien sinon d'ordre et de confort et le petit de sa bouillie, de culottes propres, de son bain et de beaucoup de sommeil.

Personne ne serait mort s'il n'y avait pas eu de fleurs fraîches dans les vases ou si les boîtes à cigarettes n'avaient pas été garnies. Même le jardinage qu'elle aimait tant, elle l'abandonnait à présent à un invalide à la demande de Toni qui ne voulait pas ôter au pauvre homme son gagne-pain. D'ailleurs on y aurait vu de l'avarice si elle avait bêché elle-même.

La vie d'Elisabeth était comblée mais sans travail gratifiant. Elle avait essayé d'en parler avec Toni, mais il trouvait qu'il y avait bien assez à faire à la maison et qu'elle aurait dû être heureuse de ne pas avoir à se tracasser comme les autres femmes.

Elle ne pouvait pas le contredire car tout ce qu'il disait était vrai. Pourtant dans cette éloquence et ces paroles pleines de bon sens, elle percevait quelque chose de tordu ou de superficiel qui contredisait son honnête visage.

Il était simplement impossible de traverser les épaisses couches onctueuses de préjugés bien ancrés pour trouver le véritable Toni, celui qui n'avait rien à voir avec le patron de la fabrique de clous. Elle savait que ce Toni existait, mais ces derniers temps il montrait de plus en plus rarement son visage.

Le processus de durcissement et de nivellement avait commencé, qui, avec les années, transforme beaucoup d'hommes en une tête au-dessus d'un costume bien coupé, où il n'y a de place que pour les comptes, les statistiques, les discours de propagande et les slogans.

Et c'est ainsi qu'elle commença à penser « pauvre Toni » en embrassant ses joues qui sentaient la lotion après-rasage et la bonne santé. L'ancienne tendresse n'était plus qu'oppression et impuissance.

8

Betty imagina quel aurait été le cours de sa vie sans cette brutale intervention extérieure. Elle aurait peut-être fini par se résigner et serait devenue avec les années une gentille femme amicale un peu distraite, qui aurait promené son enfant, lu des romans, reçu des visites, arrangé des fleurs dans les vases et senti la vie s'écouler doucement et sans regret. Une de ces femmes dont la volonté est brisée et qui ne sont plus tout à fait réelles.

Ça ne servait à rien d'y réfléchir et Betty était presque sûre qu'elle se serait mise un jour à mener sa propre vie de toute façon. Lenart n'avait fait qu'accélérer le processus, peut-être de plusieurs années, peut-être de peu de temps.

Un matin d'avril, il la croisa sur le chemin de la gare et lui proposa de la conduire en voiture jusqu'à la ville voisine.

Elisabeth, après avoir hésité, finit par accepter, faute d'un prétexte valable. L'idée d'être seule avec cet homme pendant une heure la remplissait d'appréhension.

Elle fit ses achats avant d'aller le retrouver dans un café, comme convenu.

La soirée était froide et Elisabeth était toute frissonnante. Elle commanda, comme toujours lorsqu'elle venait en ville, un chocolat et le regretta aussitôt en voyant Lenart opter pour un moka. Le chocolat lui parut soudain une boisson inappropriée pour une femme adulte. Soudain elle comprit que si sa présence lui enlevait toute son assurance, c'est qu'il la trouvait trop jeune pour être prise au sérieux, or, comme tous les gens jeunes, son vœu le plus cher était d'être prise au sérieux.

Elle dut se reprendre pour ne pas jouer avec la serviette en papier ou se ronger les ongles, une mauvaise habitude contre laquelle elle avait lutté autrefois.

Le café était silencieux, on n'entendait que le léger froissement d'un journal, les pas étouffés du garçon, des chuchotements de femmes et parfois le tintement d'une cuillère sur une tasse de porcelaine.

Lenart, avec son aisance habituelle, racontait quelque chose qu'Elisabeth ne saisit pas bien, en réalité elle n'arrivait pas à l'écouter avec attention.

La nuit commençait à tomber et la rue se couvrait d'un peu de neige sale.

Puis Lenart s'arrêta soudain de parler et Elisabeth ne put s'empêcher de regarder sa grande bouche. Brusquement, dans son coin de fenêtre, elle se sentit coupée du monde, livrée sans défense à cet homme étranger qui, à présent, la regardait fixement. Sans y prendre garde, elle déchiquetait sa serviette en papier en petits morceaux jusqu'à ce qu'il la lui prenne des mains en souriant.

Mais ce sourire faisait paraître sa bouche encore plus sinistre, de nouveau ce n'était pas Lenart qui était assis en face d'elle, mais un grand animal prisonnier de sa tristesse. Une voiture passa, un peu de neige fondue éclaboussa la fenêtre, et Elisabeth sursauta.

Puis Lenart posa sa main sur la sienne et proposa qu'ils se rencontrent le jeudi suivant à la même heure.

Elisabeth le regarda et il lui fallut quelques secondes pour comprendre.

« Non », finit-elle par dire embarrassée et Lenart continua de sourire et n'ajouta rien.

Pendant le trajet du retour, ils restèrent un long moment sans parler, puis Lenart se lança dans une de ses anecdotes sur des gens qu'elle ne connaissait pas et qu'il tournait en blagues pour elle. Mais, ce jour-là, Elisabeth lui fut reconnaissante de ce bavardage qui la tira lentement de son hébétude. Elle rit plusieurs fois, d'un rire clair et fébrile, et enfonça ses mains glacées dans les poches de son manteau. Puis d'un coup elle eut sommeil, ce qui la calma. Elle se renversa sur le dossier et se mit à fixer la route qui défilait dans les phares. Bien qu'il ne se soit rien passé, il lui sembla que tout était arrivé depuis longtemps et que rien ne serait plus comme avant. La décision de s'abandonner et de devenir la proie d'un homme fort la rendait lasse et paisible.

Quand elle fut chez elle, elle se sentit très calme, seulement un peu fatiguée et gelée.

Elle alla dans la chambre d'enfant, s'assit sur le lit du petit Toni et fixa sa bouche entrouverte, les cheveux blonds aplatis et les cils noirs abaissés sur les joues rondes. Elle ne pensait à rien. Tout en déboutonnant lentement la veste de son tailleur, elle se sentait paisible et presque gaie comme quelqu'un à qui plus rien ne peut arriver.

Lorsqu'elle revint au salon, Lenart était en train de prendre congé de son mari. Quand il se pencha sur sa main, elle ne le regarda pas.

Ce soir-là Toni fut tendre et elle ne se défendit pas. Mais elle eut, tout le temps, l'impression qu'elle n'était pas dans les bras de son mari mais d'une autre personne qui se tenait debout à la tête du lit, dans l'obscurité, et regardait le couple, le corps mince et blond de l'homme et le visage figé de la femme aux yeux fermés.

Tout était un peu inquiétant et lui donna mal à la tête, ce qui l'empêcha de dormir et de penser.

Au réveil le souvenir de leur conversation lui revint aussi violemment qu'un coup de poing dans la poitrine. Elle se redressa et regarda Toni, allongé dans l'autre lit, la main sur la joue, avec ce visage solennel et candide des dormeurs.

À cette vue, le chagrin l'envahit mais pas un instant elle ne douta qu'elle irait en ville jeudi prochain. Elle se dit qu'elle allait divorcer et elle répéta le mot dans sa tête. Mais ça resta un mot qui ne prit pas vie. Un mot qui n'avait aucun rapport avec elle et avec la grande bouche de Lenart.

Le mot amour non plus n'avait rien à voir avec ça. Il appartenait pour toujours au visage de Toni et signifiait la tendresse gaie, le bonheur, la chaleur et le jeu.

Elisabeth se connaissait assez pour savoir que lorsqu'une chose ou une personne avait éveillé sa curiosité, elle s'élançait sur elle, impitoyablement et aveuglément, pour satisfaire cette curiosité.

Car celle-ci était si puissante qu'elle s'oubliait en elle et s'exposait à son danger sans une hésitation. Ce qui la tourmentait ce matin-là, ce n'était pas la pensée de ce qui lui arriverait à elle mais la pensée de Toni et de l'enfant. Elle devait les laisser tous les deux en dehors de cela. Ce qu'elle était sur le point de faire ne concernait qu'elle et elle seule.

Betty sourit au souvenir de la jeune femme qui ne savait pas qu'il n'y a rien qui vous soit propre, qu'on ne peut pas faire un pas sans semer la confusion dans une autre vie. Et c'est ainsi qu'elle allait, contre sa volonté, conduire sa propre famille et son amie de pension sur des voies qu'il lui aurait été impossible de prévoir à cette époque.

Tout ce qui avait paru autrefois un malheur pour les personnes concernées s'était finalement révélé un bonheur, car il était évident que Käthe avait été une bien meilleure épouse et une bien meilleure mère qu'Elisabeth n'aurait jamais pu l'être.

Mais même si ça n'avait pas été le cas, elle n'aurait pu racheter cet après-midi-là dans la chambre d'hôtel. Ce qui a eu lieu a eu lieu pour toujours. Betty était étonnée de ressentir encore une trace de l'ancienne tristesse et de l'ancienne perte. Sans doute une douleur ne cesse jamais de faire mal, elle persiste sous la surface du quotidien et l'on ne peut que l'endurer.

Si Elisabeth avait espéré surprendre le secret de Lenart, à supposer qu'il y en ait un, elle dut reconnaître qu'elle n'y était pas parvenue. Elle en savait après aussi peu qu'avant. Dans le crépuscule qui tombait, il était allongé à côté d'elle, le visage inexpressif et calme. Elisabeth avait remonté la couverture sur ses épaules.

Malgré tous ses efforts, elle était incapable de se rappeler la moindre pensée ou le moindre sentiment. Il ne lui était rien resté sinon l'impression d'une attaque à main armée. Ça lui avait rappelé une histoire de coupeurs de têtes à Bornéo qu'elle avait lue, enfant, dans un calendrier des missions et qui, longtemps, l'avait délicieusement fait frissonner avant de s'endormir. Quand Lenart lui avait brusquement renversé la tête en empoignant ses cheveux, cette sensation enfantine qu'elle croyait avoir oubliée avait ressurgi.

En tout cas ça n'avait rien à voir avec l'amour. Cette constatation l'avait d'une certaine façon apaisée, car elle s'était sentie un peu moins coupable envers Toni. Elle savait enfin comment se sent une femme adultère, finalement pas si différente d'avant le grand événement, si ce n'est une lassitude physique.

C'était agréable que Lenart ne dise rien. Tout ce qu'il aurait pu dire dans cette situation aurait été malvenu. À présent que c'était fini, elle trouvait inutile de rester allongée plus longtemps à côté de cet étranger. Elle se leva, se rhabilla et se fit conduire à la gare – fermement décidée à le revoir et à lui arracher un jour son secret.

Les rendez-vous suivants se fondaient pour Betty en un seul et unique bavardage superficiel suivi d'un assaut brutal puis d'une reprise de la conversation.

Elle conclut du comportement de Lenart que l'amour ne signifiait pour lui, outre l'ivresse de la chair, qu'un sentiment de domination. Jamais il ne parlait de lui, sinon en passant, même quand il évoquait ses innombrables et obscures connaissances, mais il n'essayait jamais non plus d'apprendre des détails sur ses relations à elle.

À présent, Betty croyait se souvenir que, nu, il n'était pas ridicule. Dès qu'il avait enlevé ses vêtements et renoncé à son bavardage poliment frivole, il devenait le grand animal triste qu'Elisabeth avait perçu en lui dès sa première visite. Pendant longtemps, elle se tortura l'esprit pour parvenir à comprendre mais toujours en vain, puis elle oublia de s'en soucier car elle avait assez à faire avec elle-même. Parfois il montrait des velléités de bonté mais même cette bonté émanait de son corps, et l'on ne pouvait guère s'y fier car elle pouvait tourner à l'indifférence l'instant d'après. Lenart était un homme perdu, à qui, un jour, on avait acheté son âme et qui commençait à étouffer dans sa propre chair. Le souvenir confus de cette perte se percevait encore aux commissures de ses lèvres, mais il préférait n'en rien savoir.

Peut-être que l'on peut se conduire tout à fait autrement mais Elisabeth était incapable d'imaginer comment ça se serait passé avec un homme différent.

La relation avec Lenart dura un an et trois mois, et en repensant à cette époque Betty rentra frileusement les épaules.

Elle revit Elisabeth revenir de la ville un soir de mai. Il y avait des visiteurs au salon et elle entendait leurs voix dans son bain. Puis elle fut devant son miroir, arrangeant ses cheveux. Sur sa lèvre inférieure, elle vit deux marques bleues qui transparaissaient encore sous le rouge à lèvres. Elle fixa la petite trace plus sombre et se souvint de la douleur de la morsure. Soudain l'image du miroir devint floue et elle prit peur en comprenant qu'elle pleurait.

Elle ressentit une pitié tout à fait impersonnelle pour la femme qui pleurait et lui murmura des paroles de consolation tout en essuyant son visage. En même temps, debout derrière elle, une troisième Elisabeth observait la femme qui pleurait avec un sourire railleur : allons, pas de comédie, ma chère.

Puis les trois se fondirent en une et Elisabeth, à présent unique, rafraîchit ses yeux avec un coton humide.

Elle n'avait qu'une envie : un trou sombre pour dormir et un gentil chirurgien qui lui arracherait le cerveau du crâne.

Elle était assise au bord de la baignoire quand Toni entra dans la salle de bains. Elle le vit prendre un cachet contre la migraine et sentit ses lèvres sur sa joue. Elle n'avait qu'à tendre la main pour toucher ce visage familier, un peu rougi par le vin. Mais elle ne le fit pas, car elle savait que Toni était devenu pour elle inatteignable.

Ensuite elle pensa qu'elle devait se reprendre pour ne pas éveiller de soupçons. Elle se leva rapidement, parla de la chaleur dans le train et se remaquilla.

Après quoi il lui fallut jouer aux cartes avec ses invités. Elle s'imagina alors qu'une des femmes regardait sa bouche. Elle devint nerveuse et perdit chaque manche. Finalement elle montra une vivacité endiablée qui devint contagieuse. Les deux hommes se mirent à lui faire la cour et Elisabeth s'y prêta mais, sous sa gaieté, elle était la proie d'une horreur contre laquelle elle était incapable de lutter.

Quand, enfin, une des invitées prit congé, son excitation tomba d'un coup et, laissant Toni raccompagner ses hôtes, elle se jeta toute tremblante dans un fauteuil. Sans même passer par la salle de bains, elle se traîna vers son lit. Son corps avait encore l'odeur de Lenart et c'était à la fois dégoûtant et excitant. Son après-midi lui revint en mémoire et elle se mit à trembler.

Finalement, elle prit le tube de somnifères dans le tiroir de la table de nuit, en avala trois sans eau et attendit, couchée sur le dos, la grande paix et le silence, la fin de la douleur et du froid et la fin aussi de ce sentiment qu'elle avait éprouvé une fois. Devant elle, sortant des ténèbres, s'élargissait lentement un grand visage rond aux yeux ouverts et à la bouche de poisson. Elle essaya de lever la main vers lui mais cela recula et sauta comme une boule blanche sur le mur. Elisabeth en fut très étonnée et se sentit lasse.

En lourdes vagues amères l'anesthésie s'abattit sur elle et sa dernière impression fut de s'étonner que même le sommeil soit douloureux.

Betty ne se souvenait pas du lendemain, mais elle savait à quoi ressemblent les matins après une nuit sous somnifère, d'ailleurs elle y avait renoncé depuis des années pour éviter ce réveil long et pénible.

Elisabeth se mit à avoir recours trop souvent aux soporifiques qui la rendaient toute la journée lasse et apathique. Elle savait qu'elle était en train de changer et que ce changement était le début d'une maladie qui finirait par devenir mortelle.

Ce qu'elle avait pris pour une aventure ou une expérience commençait à la diminuer et à la détruire. Elle s'agaçait parfois que Toni ne s'en aperçoive pas. Elle était, chaque jour, plus étonnée que personne ne soupçonnât sa double vie. Contre son habitude, elle se regardait longuement et attentivement dans le miroir, horrifiée d'avoir toujours la même apparence. Elle fixait si longtemps l'image qu'elle finissait par y découvrir autre chose, comme si ses yeux fixaient une femme inconnue, comme si sa chair devenue chaque jour plus mince et plus tendue laissait enfin émerger cette étrangère. Et cette femme qu'elle avait sous les yeux était malade, désespérée et capable de tout. Elisabeth s'arrachait alors à son miroir.

Pendant ce temps tout suivait son cours. Ils mangeaient de la viande chaque jour, sauf le vendredi. Le jardin fleurissait, Toni junior avait sa portion d'épinards et de carottes et grandissait à vue d'œil. Puis le nez d'Elisabeth se couvrit de taches de rousseur, et Anna cassa une tasse du service Biedemeier et pleura si désespérément qu'Elisabeth lui acheta un nouveau tablier.

Toni et Elisabeth échangeaient les habituelles caresses à demi fraternelles et le ciel ne s'ouvrit pas pour autant. Toni ne percevait aucune trace des après-midis à l'hôtel, le corps de sa femme était toujours pour lui celui qu'il enlaçait et aimait depuis quatre ans.

Elisabeth se surveillait de près et attendait, instruite par les innombrables romans de ruptures matrimoniales, que son mari lui inspire de la répugnance. Mais il n'en était rien. Il sentait comme toujours la cigarette, la crème à raser et la peau jeune et en bonne santé. Son sentiment pour lui s'était renforcé, comme, après une séparation, on perçoit les couleurs d'un paysage plus distinctement qu'avant.

Elisabeth réfléchissait sans arrêt à sa situation et il lui était chaque fois plus incompréhensible que personne ne connaisse la vie qu'elle menait. Car chaque jour, quelqu'un pouvait entrer dans l'hôtel ou la découvrir en compagnie de Lenart.

Elle se mit à s'occuper de l'enfant de façon compulsive. Elle le portait dans ses bras jusqu'à en être épuisée, jouait avec lui, le faisait manger avec une patience angélique. Elle ne le quittait pas des yeux une minute, aussi devint-il trop gâté, exigeant, se mettant à pleurer dès qu'elle quittait la pièce. Elle pouvait rester à quatre pattes avec lui pendant des heures, s'abandonnant à la proximité du petit corps, puis soudain, alors qu'elle posait un cube sur un autre, elle fondait en larmes. Toni lui essuyait les joues avec curiosité, poussait sa tête ronde contre son épaule et disait : « Mama, mal – mal. » Pendant qu'il lui séchait le visage avec son tablier rouge, elle le serrait contre elle jusqu'à ce qu'il se libère en protestant et retourne à ses constructions. Quand il était enrhumé, elle dormait sur le divan de la chambre d'enfant et renonçait à son somnifère habituel. Elle tenait la menotte fiévreuse en passant la main à travers les barreaux du petit lit, sans penser à rien, indolente, plongée dans l'instant.

9

Betty se racla la gorge et l'image disparut.

Elisabeth était de nouveau allongée à côté de Lenart. La lumière rouge du soleil passait à travers les rideaux et des rayons de poussière arrivaient jusqu'au lit. Elle se retourna vers l'homme qui fumait en silence en regardant le plafond. Soudain elle se sentit agressée et insultée. Le vieux rêve de jeune fille lui revint, celui du monstre qu'il faut délivrer. Mais il s'agissait, semblait-il, d'un monstre qui dévore celle qui le libère et s'en trouve bien. Mais comment pouvait-elle avoir ce genre de rêves alors qu'elle n'aimait pourtant pas Lenart. Lasse de gamberger, elle abandonna et commença à se déshabiller.

Le monde changeait. Jusqu'ici Elisabeth s'en était sentie le centre, son bonheur était l'unique vérité et son plus grand chagrin, et au plus profond de son cœur elle était persuadée que tout le monde devait l'aimer si elle le souhaitait. Mais Lenart ne l'aimait pas et elle tentait de se consoler en se disant qu'elle ne faisait aucun effort pour qu'il l'aime.

Mais revenait toujours le terrible soupçon qu'elle était tout simplement incapable d'inspirer de l'amour et qu'il y avait une foule de gens qui refusaient tout simplement de l'aimer. Et plus elle réfléchissait, plus il lui devenait évident qu'elle était tout à fait seule et que son bonheur ou son malheur ne signifiait rien dans un monde où chacun était uniquement préoccupé par son propre bonheur ou son propre malheur.

Cette pensée la tira d'un profond sommeil et dissipa définitivement ses rêves de jeune fille. Elle se souvenait à présent qu'enfant déjà, elle avait compris qu'elle était seule et abandonnée par les filles, mais comprendre cela était trop dur et trop amer pour son âge et elle s'était dépêchée de l'enterrer et de l'oublier. À présent le monticule de terre était déblayé, la tombe ouverte et l'épouvante qu'elle croyait avoir oubliée en était sortie. Dans ce monde nouveau le tendre enjouement de son couple n'avait pas sa place ; la liaison avec Lenart avait bien plus de réalité.

Cela surgissait aussi de ses rêves à présent. C'était d'ailleurs toujours un seul et même rêve qui se répétait avec des variations. Elle errait dans une région désertique et sauvage, obsédée par la pensée de le trouver ou plutôt avec l'étrange mission de le ramener. Pour cela elle devait gravir des blocs de pierre, passer sous des barbelés, traverser des marais, mais elle ne le trouvait jamais et se réveillait épuisée, trempée de sueur et horrifiée d'avoir failli à sa mission.

Seule la respiration régulière de Toni et la chaleur de son corps lui permettaient de s'apaiser et de se rendormir.

Début juillet, Toni invita Lenart pour une semaine et, à l'indignation d'Elisabeth, il accepta l'invitation. Mais, durant toute la semaine, il ne fit pas la moindre tentative pour l'approcher et se montra si agréable que Toni n'avait pas assez de mots pour chanter ses louanges. Elisabeth se taisait, consternée par cette tirade en évitant de regarder son mari dans les yeux. Il était visible que le petit Toni recherchait la présence de l'invité. Et Lenart, qui n'avait pas l'habitude des enfants, s'acquitta parfaitement de ce rôle et ne montra nullement cette gêne maladroite que beaucoup d'hommes ressentent dans ce cas-là.

Un jour, Elisabeth entra dans la chambre et trouva le petit Toni appuyé contre les genoux de Lenart, levant vers lui des yeux suppliants. Finalement, Lenart le prit sur ses genoux et Toni se mit à promener son petit index sur les joues de l'homme. Il paraissait si fasciné par le sombre visage qu'il sembla à Elisabeth que c'était elle qui était assise là, à la recherche de cette vie étrangère. À l'idée du chagrin et de l'immense déception qui attendaient son enfant, des larmes de désespoir lui montèrent aux yeux. Elle eut une bouffée de haine si forte envers ceux qui feraient de la peine, blesseraient ou s'en prendraient à cet enfant que l'envie lui vint de frapper ou de tuer et elle dut retenir ses mains. Lenart, qui s'était mépris sur ce geste et sur l'expression menaçante de ses yeux, reposa le petit à terre et se mit à parler d'une perspective ravissante dans la montagne.

La nuit suivante un orage éclata. L'enfant se réveilla et grimpa dans le lit d'Elisabeth. Toni se leva et alla au salon pour contempler le spectacle. Finalement Elisabeth le rejoignit, portant l'enfant enveloppé dans une couverture. Ils s'assirent devant la fenêtre et regardèrent le ciel jaune soufre et les trombes d'eau grises qui s'abattaient sur la petite ville. Le garçonnet regardait avec de grands yeux les éclairs blancs et se pressait contre sa mère à chaque coup de tonnerre. Finalement la tempête s'apaisa et s'éloigna avec un roulement sourd dans la forêt. Toni ouvrit la fenêtre.

Un torrent d'air frais envahit la pièce en même temps que le parfum des prairies humides et des arbres fruitiers. Le petit Toni s'endormit doucement et Elisabeth, appuyée contre l'épaule de son époux, contempla en silence la sombre nuit pluvieuse.

Elle se sentait en paix, certaine d'être au seul endroit où elle pouvait vivre, aux côtés de Toni, l'enfant dans ses bras, la ligne des montagnes devant les yeux et le bruit de la pluie nocturne dans les oreilles.

Toutes les questions du monde lui parurent soudain résolues et absurdes, rien n'était réel sinon la chaleur et la sécurité de leur union.

Toni lui prit la main et elle sentit le sang de son mari pulser avec force au bout de ses doigts.

À cet instant, des pas résonnèrent dans le couloir, la porte s'ouvrit et on alluma. Elisabeth abandonna la main de Toni et se sentit tomber dans un puits noir.

Toni se leva et se mit à parler avec Lenart des orages en général et de celui-ci en particulier.

En écoutant la voix polie et un peu impersonnelle de son amant, Elisabeth comprit que tout cela avait été une illusion. Jamais elle ne pourrait revenir à sa vie d'avant, la porte s'était refermée et aucune force au monde ne pouvait la rouvrir pour elle. Dès que l'amour avec Lenart prenait fin, immédiatement son corps recommençait à se languir de lui, elle ne pouvait plus faire marche arrière. Elle pensa à certaines femmes du cercle de ses connaissances qui s'échangeaient sans arrêt leurs amants et craignit un instant de devenir comme elles tout en sachant qu'elle n'en était même pas capable. Elle ne voyait rien devant elle qu'une suite d'années où elle mènerait une vie inutile, vide et honteuse. L'enfant respirant tranquillement sur les genoux, elle resta assise devant la fenêtre ouverte, et les bruissements des buissons ruisselants se mélangeaient dans son oreille aux sons aigus du désespoir.

Peu après, Lenart les quitta pour aller passer une semaine en Italie.

Toni trouva qu'il avait lui aussi droit à des vacances et partit avec Elisabeth à la montagne.

Si Elisabeth aimait auparavant les voyages à deux, elle les redoutait à présent. Dans l'atmosphère familière et réglée de la maison où Toni était rarement là, il avait été facile de cacher à quel point elle avait changé. Mais ici, dans le silence de leur chambre ou pendant leurs longues promenades, ils étaient tout le temps ensemble. Et cette idylle dans l'auberge campagnarde, avec le chant du coq devant la fenêtre et le ciel bleu au-dessus de la forêt, lui paraissait soudain aussi pénible qu'une mauvaise pièce de théâtre.

Elle s'efforçait d'être avec Toni comme elle l'avait été dans le passé, mais maintenant qu'il avait émergé de son monde de chiffres, il semblait s'apercevoir que quelque chose avait changé. Lorsqu'ils marchaient dans la forêt, main dans la main, les yeux d'Elisabeth s'assombrissaient parfois ; elle se sentait misérable et empoisonnée et fuyait le regard de Toni. « Tu es malade ? », demandait-il avec impatience. Elisabeth lui assurait que c'était l'air de la montagne qui la rendait ainsi. Alors ils se taisaient, et Toni lui lâchait la main ; ainsi, tout à fait inconsciemment, cette séparation, qu'une année avant Elisabeth n'aurait pu imaginer, était consommée. Après tout on ne peut pas marcher toute la journée main dans la main. Mais chaque mot, chaque mouvement prenait une double signification.

La semaine passa lentement et il fit atrocement beau. Même la nature paraissait se liguer contre elle pour les piéger dans l'ancienne magie. Mais les yeux d'Elisabeth étaient fermés à cette beauté et elle aurait voulu l'échanger contre une chambre d'hôtel et les étreintes brutales de Lenart.

Le conte de l'homme sans cœur lui revint à l'esprit et elle pensa qu'il avait dû ressentir la même chose en regardant la forêt par la fenêtre de sa cabane et en voyant les framboisiers lui faire signe, alors que son cœur tressaillait comme l'oiseau prisonnier dans les mains du gamin qui l'a capturé.

Elle réfléchit longtemps à ce conte et se rappela la couleur crème du livre, les gravures démodées et son impression que ce n'était pas un livre mais un paysage. Quand on l'ouvrait, c'était comme si on avait ouvert une porte de jardin, on entrait et on se retrouvait en compagnie de cannibales, de sorcières, d'enchanteurs, d'enfants disparus et de fantômes. Et quand on avait eu assez peur, on revenait par cette même porte dans la réalité.

Mais un jour la réalité cessa d'être familière et innocente et devint un monde de contes d'une ampleur monstrueuse. Qui voulait y pénétrer devait le payer de sa vie. Au risque de se retrouver dans un paysage immense et sauvage où il devrait affronter des épreuves incroyablement difficiles, et l'effroi.

Et sur quoi ouvrait la porte de ce pays ? Sur l'éternité : sur la répétition redoublée et ininterrompue des vieilles peurs enfantines.

Elisabeth frissonna sur le chemin forestier recouvert d'aiguilles de pin et prit la main de Toni. Il l'attira légèrement à lui et l'embrassa rapidement sur le front. Ils restèrent un instant l'un contre l'autre, et Elisabeth vit briller entre les branches les blancs rayons de soleil et, à travers une toile d'araignée étincelante, le bleu le plus pur.

Le cœur de Toni battait contre son cou et une seconde elle crut que c'était son propre cœur. Cela lui était déjà arrivé quand, petite fille, elle était accroupie sous la machine à coudre avec un enfant du voisinage. Autrefois aussi le petit cœur étranger avait battu dans l'obscurité à l'unisson du sien.

Les derniers jours de vacances se déroulèrent dans une étrange atmosphère d'adieu. Toni dit qu'il n'avait jamais quitté le village avec autant de regret que cette année et Elisabeth, qui sentait sur elle le regard des paisibles yeux marron, sut qu'elle ne reviendrait jamais dans ce lieu.

Après leur retour, toute aux tendres retrouvailles avec l'enfant et sans qu'il soit question de Lenart, elle eut l'impression d'avoir rêvé les après-midis à l'hôtel et il lui sembla qu'elle pouvait les oublier comme on oublie un rêve. Elle s'occupa beaucoup du petit et déploya une activité fébrile dans toute la maison, ce qui fit froncer les sourcils à Anna. Le soir, elle prenait son somnifère, ce qui la rendait un peu somnolente toute la journée, mais exempte de douleur et de conscience.

Puis Lenart revint de son voyage et lui donna rendez-vous en ville pour le surlendemain.

Et Elisabeth y vint. Cet après-midi-là, elle comprit que sa relation avec Lenart allait au-delà de sa première curiosité. Il lui arrivait de s'oublier complètement dans ses bras. Dans l'obscurité, son corps ne lui appartenait plus, allongé sur un lit étranger, sous le poids d'un homme étranger, pendant qu'elle se dissolvait, vide et pleinement heureuse, dans un silence total.

Avec la conscience revenait le désespoir qui grandissait un peu plus chaque fois, couche après couche, jusqu'au jour où il atteindrait sa limite. Elisabeth craignait ce moment qui pouvait advenir à tout instant et conduire à une solution violente. Une solution dont elle n'arrivait pas à se faire une idée et qu'elle attendait comme quelque chose qui la frapperait, un coup surgissant de l'obscurité.

Elle vécut tout l'hiver entre deux mondes, avec Toni et l'enfant dans son foyer douillet et avec Lenart dans une chambre d'hôtel. Et ces deux mondes, qu'elle avait réussi jusqu'ici à tenir séparés, se lièrent à se confondre d'une façon odieuse et monstrueuse. Elle était tendue comme un fil, l'âme tremblante et des larmes nerveuses au bord des paupières. Souvent elle détestait ces deux hommes qui continuaient sans s'émouvoir à vaquer à leurs affaires et ne voyaient rien ou ne voulaient rien voir de ce qui se passait.

Cet hiver-là, elle se mit à penser à des inconnus. Il n'y avait plus de dedans ni de dehors, aucune frontière ne la séparait des mendiants et des enfants sales des rues. C'était comme si sa chair et ses os étaient devenus un liquide qui, agité par de légers souffles, se ridait, formait de petites vagues pour s'immobiliser à nouveau.

Souvent sans raison apparente, elle sentait une brûlure dans sa poitrine et de l'humidité sous ses paupières. Cette douleur totalement impersonnelle était une expérience nouvelle pour elle. Elle se vivait comme une parcelle infime du grand tourment de millions de vivants, de morts et de pas-encore-nés jusqu'à en oublier qu'elle était Elisabeth, une personne persuadée jusqu'à présent de son unicité.

Un jour Toni parut lui-même s'en apercevoir et lui apporta fortifiant, vitamines et vin de glace. Elisabeth avala tout cela, avec pour seul résultat de se gâter l'estomac, mais Toni fut persuadé qu'on avait fait tout ce qu'on pouvait et il se réfugia derrière son écran de journaux qui le protégeaient si agréablement de la vie.

Bientôt Elisabeth s'aperçut que son visage changeait. L'ossature se dessinait clairement sous la chair tendre ; elle cessa de ressembler à une enfant, ses yeux devinrent plus grands et sa bouche plus arquée.

Quelques connaissances de Toni se mirent à lui faire la cour et elle s'en effraya, craignant qu'on n'ait découvert son aventure avec Lenart et que les hommes, dans leur bizarre logique, ne se disent qu'une femme qui se donne à un se donne à tous. Alors elle se cloîtra presque, osant à peine sortir dans la rue. Elle passait ses journées à tricoter des petits pantalons et des vestes pour l'enfant.

Et de temps en temps, elle rangeait son ouvrage et courait en ville où Lenart l'attendait.

Une étrange intimité était née entre eux. Elisabeth ignorait en vérité ce que Lenart pensait de la vie, mais il savait tout de son corps. Cette intimité possédait un charme irrésistible. Lenart était entièrement nu devant elle, plus nu qu'elle-même qui n'était pas prisonnière de la pulsion comme lui. Ils ne parlaient jamais de cela et Elisabeth commença à comprendre qu'un homme qui perd temporairement mais entièrement la domination en soit humilié et y voie un échec sans arrêt répété.

Jamais elle n'évoquait la moindre chose qu'il avait dite dans ces moments, pas plus qu'on rappelle à un homme ivre l'éternelle amitié qu'il vous a jurée. Il y avait des moments où elle croyait lire en lui une sorte de gratitude qu'il dissimulait sous un bavardage sans conséquence.

Pendant un certain temps, elle espéra même pouvoir se confier à lui, mais cet espoir lui parut bientôt insensé. Autant se confier à une avalanche sur le point de vous ensevelir.

Mais il y avait aussi ces instants de faiblesse durant lesquels elle aurait tellement voulu confier à cet homme étranger tout ce qui lui était arrivé avant lui, afin de l'oublier et, enfin délivrée, de pouvoir renaître comme une Elisabeth toute neuve.

Mais son esprit ne se laissait pas aller à ces envies et à ces sentiments, et cet esprit lui disait clairement qu'elle ne retrouverait jamais l'unité passée, que le conflit était en elle-même, sinon, elle ne se serait jamais fourrée dans une telle situation.

Après l'amour, elle se rejetait à côté de Lenart et suivait du regard la fumée de sa cigarette en souhaitant s'endormir et ne jamais se réveiller.

Deux heures plus tard, assise dans son confortable salon, elle faisait courir la laine bleue entre ses doigts pendant que Toni écoutait les informations du soir. Son corps était un objet qui n'avait aucun rapport avec elle, un morceau de chair sourd et outragé.

Dans ces soirs d'hiver, elle ressentait parfois une paix étrange comme si elle en avait fini avec la vie et n'avait plus rien à craindre. La peur d'être découverte était à présent passée au second plan. Elle savait qu'elle devrait payer pour cette période de sa vie et elle comprenait à présent combien l'idée de l'enfer était confortable pour un croyant car cette idée l'autorisait à s'abîmer dans les profondeurs du péché.

Pour Toni, cet hiver-là dut être bien différent, quotidien et prosaïque. Son affaire n'allait pas aussi bien qu'elle aurait dû, mais la situation n'était pas alarmante. À la maison tout allait pour le mieux, l'héritier grandissait et Elisabeth qui, l'année d'avant, était parfois de mauvaise humeur et irascible semblait de nouveau aller bien, en tout cas elle était plus calme et plus amicale qu'avant. Un progrès que Toni, qui aimait sa tranquillité, ne pouvait que saluer. Un deuxième enfant aurait peut-être été bienvenu, mais les enfants amènent avec eux les tracas, les cris et, plus tard, des problèmes d'héritage. Son bien devait revenir intégralement à son fils. La lampe jaune éclairait, la radio jouait et la pile de journaux était là pour faire oublier les soucis et les fatigues de la journée.

Betty avait la bouche amère et n'arrivait pas à déglutir. Elle prit le verre dans l'obscurité et fit maladroitement couler de l'eau froide dans le col de son pyjama. Elle poussa un cri de surprise puis vida le verre.

Alors que l'eau s'évaporait au contact de sa peau, elle repensa au printemps 1933.

C'est au début de ce printemps qu'eut lieu l'événement avec le grand chien. Lenart, pour des raisons de sécurité, lui donnait désormais rendez-vous dans un hôtel borgne des faubourgs, un quartier où il espérait qu'aucune de leurs connaissances ne les rencontrerait. La chambre était encore plus minable que celle d'avant et ne diffusait que du froid, ce qui allait bien avec leurs rapports.

Un jour où Lenart n'avait pas pu venir la chercher ou l'avait manquée, Elisabeth s'égara dans ce quartier périphérique et se trouva brusquement dans un endroit inconnu.

Une plaine s'allongeait devant elle couverte de bois et de prairies. Il était tombé un peu de neige, encrassée par la suie des fumées d'usine et couverte d'empreintes de pas et de traces de pneus. Autour de cette plaine déserte, s'élevaient des baraques et des lotissements. Dans une grande fosse près du bord du chemin s'amoncelaient des ordures couvertes de neige : des épluchures, des papiers, des boîtes de conserve vides ainsi que deux vieux pneus.

L'ensemble dégageait une impression de pauvreté et de détresse. Un petit terrain était entouré de barrières de jardin, qui n'étaient pas en bois mais en fils de fer barbelés et en traverses de chemin de fer rouillées. Au milieu se dressait une masure à demi effondrée, couverte de bardeaux, un vestige du temps où il y avait encore ici des champs et des petits paysans. La masure, comme terrorisée par ce paysage dévasté, faisait tout pour s'enfoncer le plus vite possible dans la terre et disparaître. Car la terre sous les traces de pieds des hommes, sous le bric-à-brac de tôle et la neige sale, était toujours vivante. Intacte sous sa peau. Elle avait attrapé une sorte de gale, une éruption passagère, c'était tout.

Elisabeth, plongée dans ses pensées, se surprit à se demander ce qu'elle cherchait. Elle le savait pourtant mais son doute grandissait à mesure qu'elle avançait. Finalement il lui sembla tout à fait invraisemblable qu'il existât une grande maison laide dans laquelle un homme l'attendait. Pourquoi n'avait-elle pas pris le tramway, elle ne se serait pas retrouvée dans ce désert. Elle avait l'impression qu'elle n'atteindrait jamais de rues habitées, où il y avait du trafic et des épiceries.

On l'avait attirée ici dans un certain but sous le prétexte de rencontrer Lenart, oui, de toute façon, Lenart faisait partie de la conspiration.

Par son caractère chimérique, cet endroit semblait irréel et perdait à chaque seconde un peu plus de sa réalité. Soudain elle crut voir un vieil homme immense appuyé sur un nuage gris, il dormait et rêvait d'une minuscule silhouette marchant sur un bout de pays désert.

Elle s'effraya un peu et secoua involontairement la tête. Mais même le contact de ses cheveux sur sa joue ne la réveilla pas vraiment.

Puis elle vit devant elle un chien-loup tacheté de noir et de jaune sur un tertre aplati.

À cet instant arriva une chose incroyable, Elisabeth fut brusquement le premier humain nu et sans défense en face de la bête griffue. Ses genoux devinrent flageolants, sa langue se colla à son palais.

Le chien ne bougeait pas et la regardait de ses yeux jaunes de loup.

Sans savoir ce qu'elle faisait, elle mettait un pied devant l'autre. L'instant d'après elle crut tomber en avant et sentir le souffle de la bête sur sa nuque. Mais cela passa aussi. Son cœur battait à petits coups joyeux et ses jambes la portaient hors du danger.

Quand elle s'approcha de la maison, elle se retourna. Le chien se dressait toujours immobile devant le ciel gris et elle vit en lui le seigneur de ce coin perdu. Elle s'assit sur le bord de la route et se mit à pleurer. Une sueur froide coulait sur ses tempes et se mêlait à ses larmes. Au soulagement indicible d'être saine et sauve se mêlait la déception secrète de n'avoir pas senti la morsure mortelle sur sa nuque.

Elle décida de rester assise là jusqu'à ce que quelqu'un la trouve et l'emporte. Mais déjà elle sortait de son égarement. Elle se leva, s'aperçut que son manteau était mouillé et sali sans comprendre ce qui s'était passé.

Comment elle finit par retrouver Lenart et ce qui était arrivé ensuite, Betty ne le savait plus. En tout cas elle n'avait pas parlé de sa rencontre avec le chien. Si elle l'avait fait il n'en aurait pas souri mais l'aurait patiemment écoutée avec une attention apparente sans que son visage trahisse ses pensées.

Mais désormais Elisabeth ne pouvait plus entendre hurler un chien sans que les poils de ses bras et de ses jambes se hérissent.

À cet instant la lune parut, éclairant la chambre de sa lumière froide. Les ombres des arbres devinrent d'un noir d'encre et Betty sut que la rosée était tombée.

Elle avait toujours eu envie de se promener la nuit, mais elle ne l'avait jamais fait. La pensée de ce qu'elle aurait pu observer la rebutait tellement qu'elle s'était toujours contentée de regarder par la fenêtre. Plus tard, quand elle vécut seule, elle céda à cette envie et elle se promena comme elle en avait toujours rêvé, dans les jardins et les bosquets, mais elle revenait chaque fois avec un goût de déception dans la bouche.

Pas parce que la réalité était plus pauvre que son imagination, mais parce que sa capacité de réceptivité était limitée.

Seul un être hors norme pouvait, lui semblait-il, supporter la nuit, les odeurs violentes, le vent bruissant dans le feuillage, le ciel étoilé et sa froideur étincelante, puis la soudaine torpeur silencieuse quand tombe la rosée, le vent du matin qui courbe les graminées et chasse les légers nuages. Pour cela, Betty était trop faible, ses sens n'étaient pas assez affûtés et son cœur pas assez aguerri. Aussi il arrivait qu'elle ne rapporte pas chez elle le bonheur mais la tristesse.

Derrière les silhouettes noires des pommiers se cachait la grande créature nocturne et, humide de rosée et prise de désir, elle fit passer son souffle puissant sur le jardin, jusqu'à effleurer le front de Betty et la faire frissonner.

10

Betty tira les rideaux et retourna au lit. La lumière de la lune tombait sur son visage et elle savait qu'il était inutile de songer à dormir. Elle s'étira longuement, croisa ses bras sous sa tête et se rappela les derniers jours de sa vie dans cette maison. Elle se souvint de ce matin de mai où elle avait raconté à Toni qu'elle allait passer quelques jours chez une amie.

Elle partit avec Lenart dans un village où ils ne craignaient pas de tomber sur des connaissances, mais ce fut la démonstration qu'il n'était pas celui avec qui elle pourrait se retirer dans la solitude.

Seule avec lui dans la grande chambre paysanne, elle se sentit soudain intimidée et perdue. Tout était inhabituel et inquiétant et, le premier soir, elle se réfugia dans le sommeil pour retrouver un peu de sang-froid.

Mais le lendemain tout suivit son cours. Il faisait froid et brumeux et elle dormit, épuisée, jusqu'au milieu de la matinée pendant que lui, qui n'avait pas besoin de beaucoup de sommeil, visitait le village.

Ainsi passèrent les trois premiers jours et Elisabeth commença à avoir mauvaise mine et à se sentir mal à l'aise. Elle constata qu'elle ne pouvait pas supporter Lenart au-delà de quelques heures. Être continuellement avec lui la rendait nerveuse. Même quand il se tenait tranquille, sa présence remplissait tellement la chambre que toute autre personne étouffait.

Le quatrième jour, le soleil parut enfin et Elisabeth partit se promener seule, pour lui échapper quelques heures. Elle suivit le cours d'un ruisseau sorti de son lit, sous le nouveau feuillage des arbres fruitiers et un ciel de douce soie bleue.

Sa main caressait les blanches ombelles qui ressemblaient à de la ciguë et le vent séchait les larmes sous ses paupières.

De toute la vallée émanait cette douloureuse douceur d'un printemps tardif mais cela ne parvenait pas à calmer son cœur. Entre elle et les choses s'élevait un mur invisible qui rendait sourds ses sens. Elle attendit que le vieil enchantement renaisse, mais, comme il ne venait pas, elle se résigna et rentra d'un pas lourd, la tête basse.

Une petite anémone attira son attention, elle s'agenouilla et effleura des lèvres la fleur d'un blanc verdâtre, mais elle n'éprouva rien, comme si la fleur se dérobait doucement mais fermement au contact de sa bouche tiède.

Chagrinée, elle se releva et reprit le chemin de l'auberge. Quand le clocher de l'église fut en vue, elle s'aperçut qu'elle était restée deux heures dehors et elle se demanda ce qu'elle avait fait pendant tout ce temps. Il lui parut soudain que les quatre dernières années s'étaient écoulées de la même façon, dans une hâte silencieuse, inquiétante, aspirant toujours plus de force par ses pores pour finir par la vider et la laisser exsangue. Elisabeth eut peur.

Quand elle entra dans la chambre, Lenart était devant la fenêtre comme s'il l'avait attendue. Apparemment il était furieux de cette longue absence, mais se montra d'une politesse appuyée. Elle aurait tant aimé qu'il lui fasse des reproches, mais il ne le faisait jamais. Il était toujours parfaitement correct et froid sauf dans les moments où il était exactement le contraire.

Ce soir-là, Elisabeth resta le plus longtemps possible assise sur le petit balcon de bois. Elle espérait que Lenart se coucherait avant elle et s'endormirait. Mais, trop fatiguée, elle se coucha et, dans un demi-sommeil, l'entendant se préparer dans la salle de bains, elle fut remplie d'un espoir inexplicable.

Elle était presque endormie quand soudain une main toucha son cou. Pendant que se déroulait la mécanique habituelle, elle éprouva une sorte de joie mauvaise en voyant que l'espoir fou était à présent perdu. Une fatigue mortelle l'envahit, elle dut s'endormir avant même que Lenart se vide en elle, car le matin suivant elle ne se souvenait plus de ce qui s'était passé.

Il était encore très tôt quand elle se réveilla. Elle se redressa et contempla le visage à côté d'elle. Il était pareil à un paysage lunaire, aussi étranger que si elle ne l'avait jamais vu. La peau sous le bronzage fugitif était grise à la lumière du matin, les coins de la grande bouche relâchés et les paupières gonflées.

Elle fut prise de pitié devant cette face dévastée, qui reposait si nue devant elle. Elle vit très clairement à quoi il ressemblerait dans dix ans, dans vingt ans.

Alors elle se rappela la jacinthe violette qu'on lui avait offerte pour son anniversaire.

Elle se revit devant la fleur d'un bleu mouillé, respirant son parfum sensuel, ensorcelée par cette beauté puissante. Trois jours après, les fleurs étincelantes étaient devenues ternes et leur parfum plus faible. Et soudain, le cinquième jour, vers le soir, la jacinthe exhala une odeur si violente qu'il fallut ouvrir la fenêtre. Les pointes des fleurs bleues s'étaient incurvées dans un combat mortel et impudique et de ce centre avait jailli cette odeur douce et désespérée qui devint lentement la puanteur de la mort. Une heure plus tard la fleur était flasque et fanée et Elisabeth l'emporta hors de la pièce. Le visage de Lenart lui rappelait la jacinthe mourante. Tous les deux avaient une pure beauté animale qui était lentement détruite par la mort.

Alors elle comprit qu'en réalité elle n'aimait pas Lenart, mais qu'elle était tombée sous l'emprise d'une violence qui avait fait d'elle son objet. C'était pour cela qu'il n'y avait aucune relation personnelle entre eux, pas de mots affectueux, ou qui ne soient qu'à eux, pas de cadeaux ni de tendresse, rien de ce qui constitue le monde des amants. Il n'y avait qu'une suite infinie d'étreintes toujours les mêmes et, entre elles, la conversation conventionnelle de deux personnes du même milieu.

Avec une clarté aveuglante elle comprit à cet instant l'horrible esclavage dans lequel ils étaient tombés l'un et l'autre. Elle comprit qu'elle devait se libérer de cette violence, qu'elle devait anéantir son corps qui y avait succombé, pour être libre à nouveau. Forte de cet éclaircissement elle laissa choir sa tête sur l'oreiller. Mais ce n'était pas le moment de réfléchir, elle devait agir avant de retomber dans l'ancienne torpeur paralysante.

Sans faire de bruit, elle s'habilla et quitta l'auberge. Par un étroit chemin, elle gagna la rivière qui avait envahi les prairies. Les saules qui poussaient sur la rive étaient à présent dans l'eau jusqu'à leur cime et leurs feuilles étaient grises de boue.

Elisabeth retira ses chaussures et ses bas, les posa sur la prairie et entra dans l'eau. Elle était plus froide qu'elle ne croyait et sentait la pourriture et les poissons.

Lentement et sans penser elle continua à avancer. Quand l'ourlet de sa robe fut mouillé, elle la retira et la jeta dans le pré. Puis l'eau lui arriva à mi-cuisse et deux pas après à mi-corps. Le froid lui coupait douloureusement le souffle et elle se mordit les lèvres pour pouvoir continuer.

Retenant sa respiration, l'eau lui arrivait maintenant à la poitrine, elle atteignit un grand saule et s'appuya contre son tronc. Le fond mouvant et visqueux la remplit soudain de dégoût et d'effroi. Elle savait que le prochain pas la porterait, au-delà de l'ancienne rive, dans l'eau sans fond et qu'elle devait lâcher le tronc du saule.

Elle sentit le faible attouchement d'une feuille dans son cou et une tendresse sauvage l'envahit tout entière.

De l'herbe prise dans la vase montait sous ses pieds une chaleur secrète, attirante et irrésistible, la chaleur douce de la terre ferme. Elisabeth savait qu'elle ne pourrait jamais faire le prochain pas et qu'elle préférait subir cette humiliation plutôt que de s'abandonner à cette chaleur.

Elle se détacha lentement du saule et revint sur la terre ferme. Le vent plaqua son jupon mouillé contre ses cuisses et elle éclata d'un rire radieux et enivrant. Des perles d'eau couraient sur sa peau. Elle pressa sa bouche au creux de son coude et sentit la chaleur de ses lèvres. À cet instant elle s'aima aveuglément. Aima tout ce qui était chaud, jeune et vivant en elle, sa peau lisse, sa chair tendre, la chaleur de son souffle et le goût de la salive sur sa langue. Tout en riant sans bruit, elle remit sa robe, ses bas et ses chaussures.

Lenart était assis dans le jardin de l'auberge à la table du petit-déjeuner et il arborait son visage de jour.

Elisabeth sentit qu'elle avait faim et s'empressa de nourrir tendrement ce corps qu'une heure plus tôt elle était prête à détruire. Sa robe collait sur son corps humide, ses genoux tremblaient encore de la peur de la mort évitée, mais elle dévora avec appétit deux œufs et plusieurs sandwichs au poulet. Lenart, à qui cela n'avait pas échappé mais qui ne montra aucun étonnement, haussa les sourcils en souriant. Elisabeth reposa la cuillère qu'elle tenait à la main et dit : « Je veux rentrer chez moi. » Elle en fut la première surprise. À quoi Lenart répondit qu'il avait l'impression en effet que le climat ne lui convenait pas.

Mais Elisabeth ne l'entendit pas, elle pensait toujours à ce qu'elle venait de dire et qu'elle ne comprenait pas. Elle n'avait pas du tout envie de rentrer chez elle, tout en ignorant où elle voulait aller. Perplexe et éperdue, elle regarda Lenart décapiter son œuf.

Ils finirent par se lancer dans une conversation débridée sur les climats de différentes régions, que Lenart paraissait connaître en grande partie. Elisabeth fit observer que, pour elle, aucun climat sur cette terre ne semblait apparemment lui convenir et, à sa surprise, elle en eut les larmes aux yeux.

L'après-midi ils descendirent à la rivière et, appuyés à la rustique barrière de bois qui fermait la prairie, ils regardèrent la rivière étincelant sous la lumière rouge du soleil. Elisabeth se souvint de l'odeur croupie de l'eau et un frisson la parcourut. Lenart posa son bras autour de ses épaules et l'attira légèrement à lui. Ce geste lui était si inhabituel à la lumière du jour qu'Elisabeth resta quelques minutes sans bouger.

Un sentiment de triomphe accéléra sa respiration, mais il s'évanouit aussitôt : l'idée que Lenart pouvait se mettre à l'aimer était inquiétante et la terrifiait. Elle savait une fois pour toutes qu'en vérité elle n'avait jamais souhaité être aimée. Elle-même ne pouvait aimer que ce qui était difficile et inatteignable et se dérobait sans cesse. Rien n'était plus décevant que de faire taire une nostalgie et de se retrouver soudain sans désir.

Sur l'autre rive, séparée d'eux par toute la largeur des prairies inondées, s'élevait un bois de feuillus. Elisabeth regarda les rayons de soleil sur la masse des feuilles et pensa aux chemins crépusculaires, des chemins sans fin envahis par le murmure du vent, le pépiement des oiseaux et une douce chaleur nonchalante.

Elle s'écarta un peu de Lenart et se dégagea de son bras posé sur ses épaules.

Comme s'il la retenait pour lui interdire d'entrer dans le grand bois secret. Mais ce n'était pas ce bois qui lui importait, ce qu'elle voulait c'était aller là où elle serait seule, libérée de ce pouvoir qui la retenait avec ses gros doigts grossiers et tendres et s'imposait à elle chaque jour et chaque heure avec une brutalité douloureuse, désir et tendresse.

Ses mains se crispèrent sur la barrière jusqu'à ce qu'elle sente ses ongles s'enfoncer dans le bois.

Et pour la première fois, elle se surprit à souhaiter que Toni, Lenart et l'enfant soient morts et qu'elle soit enfin libérée du poids insupportable des sentiments.

Une nouvelle fois Betty ressentit la cruauté de cette révélation. C'était à cause de cela qu'elle n'avait jamais pu nouer une relation étroite. À l'avenir, chaque fois qu'Elisabeth prendrait l'enfant dans ses bras, ce souhait qu'elle venait de faire l'arrêterait et la ferait reculer.

Elle devint sauvage, craintive et, bien que torturée par un désir de tendresse, elle fut incapable de retrouver son ancienne spontanéité.

C'est à cette époque que Käthe vint en visite. La maison se remplit soudain de chaleur et de joie de vivre, et Elisabeth chercha à se rapprocher de son amie comme elle le faisait quand elle était petite fille.

Trois semaines après, Elisabeth était devenue inutile et vivait comme une étrangère dans sa propre maison. Käthe se chargeait de plus en plus des tâches quotidiennes tandis que, désœuvrée, elle tournait en rond dans sa chambre vide, angoissée à l'idée que le moment redouté était venu et qu'elle devait agir.

Chaque matin, elle se réveillait très tôt, elle réfléchissait à son plan comme une possédée. Elle élaborait chaque détail, le rejetait puis recommençait. Puis Käthe partit, et Elisabeth dut reprendre les rênes de ses anciennes obligations, elle comprit alors combien elle était devenue étrangère à tout cela.

Comme tous ceux qui, conscients de l'ampleur de la tâche, sont longs à se décider mais que rien ne peut dissuader lorsqu'ils ont pris une décision, Elisabeth agit avec une désinvolture révoltante.

Ce soir d'été, lorsqu'elle entra dans le salon, le sac de plage à la main, le petit Toni assis sur le tapis jouait avec son jeu de construction. Elisabeth le regarda sans vraiment le voir et entendit quelque chose comme : « Tu reviens bientôt, maman ? » Il ne lui fallut qu'un instant pour aller se changer dans sa chambre et refermer la porte d'entrée derrière elle.

Mais même durant ce court instant où sa capacité d'émotion fut presque annihilée par la terrible tension qui la raidissait, elle savait que cette absence de sentiment ne durerait pas, et cette pensée avait quelque chose de rassurant. Le désespoir inéluctable qui l'attendait rétablirait l'ordre bafoué.

Puis tout se passa comme elle l'avait escompté. Betty s'évertua à en retrouver le souvenir, mais tout s'était effacé après qu'elle avait refermé la porte de la maison. Elle supposa qu'elle avait laissé ses vêtements près du fleuve et avait attendu dans les buissons qu'il fasse nuit. Peut-être avait-elle, pendant ce temps, compté les petits cailloux et de temps en temps tué les derniers moustiques, car ses bras étaient couverts de petites taches de sang.

Betty revit Elisabeth assise dans le wagon-restaurant devant une tasse de café. Après cette terrible tension nerveuse, elle ne sentait ni douleur ni joie, seulement la faim sauvage de son corps. Elle mangea deux ou trois petits pains et fut soudain terrassée par la fatigue. Ivre de sommeil, elle retourna dans son compartiment et se blottit dans un coin.

Le matin elle remarqua que l'homme assis en face d'elle la fixait avec concupiscence et elle comprit qu'elle était seule à présent. Il n'y avait plus de père, plus de mari ou d'amant pour la protéger. Elle n'était plus au sein d'une famille, prisonnière mais protégée et aimée. La liberté la regardait en face, dans le regard froid et lubrique de cet inconnu.

Betty se caressa la joue d'une main qui, de douce et chaude petite main de jeune fille, s'était transformée en un dur assemblage de tendons et d'os presque décharné. Elle ne touchait plus une jeune joue ronde mais des os où la chair avait fondu.

Elle soupira doucement en pensant aux images qui surnageaient de la nuit : Betty, fourbue et en larmes, s'agenouillant sur un cadre de lit en fer pour écraser les punaises dans un journal avec désespoir et colère ; l'enfant blond dans un parc étranger qui criait « mama » avec une voix qu'elle connaissait, Betty sur une table d'opération, la plongée voluptueuse dans la nuit... je suis là... prends-moi encore... prends-moi... Et les sanglots au réveil en se retrouvant dans la dure lumière du jour.

Le froid des nuits, les cinq volées de marches, quatrième étage... et je dois partir d'ici. Je dois. Je dois. Un visage d'homme sur le sien, étranger, étranger et Betty, assise sur le lit ; les nuits dans la cave, les sueurs de l'angoisse et le goût de la mort sur les lèvres, et le travail, le travail, le travail. Et toujours à nouveau la soif d'apprendre, l'ancienne volonté de tout expérimenter, de tout connaître, de tout sentir.

« Allez-vous-en », dit Betty énergiquement et les images disparurent, mais maintenant c'étaient les rêves qui l'assaillaient, eux qui n'avaient jamais voulu admettre qu'Elisabeth était morte. Encore une fois, elle était allongée la nuit au couvent ou bien elle entendait la voix de sa mère qui lui disait de renouer ses lacets ou de fermer la fenêtre. Parfois elle rêvait aussi de James Russel, son mari mort, qui lui tendait la salière par-dessus la table, et c'était soudain Toni qui la regardait de ses doux yeux bruns.

Et au milieu de ses rêves, trottait un enfant de deux ans tirant un canard de bois derrière lui. Elle le cherchait dans les rues sombres et le pressait contre elle dans la cave. Avec les années son visage se confondait de plus en plus avec le visage de l'Enfant Jésus, il la regardait en souriant doucement de ses lèvres roses et reposait inerte dans ses bras. Alors Betty savait qu'elle l'avait tué et se réveillait dans le grand lit solitaire, la poitrine serrée.

Dans le regard de la lune, Betty reconnut la terrible foi qu'elle avait conservée de son passé.

Elle pensa à Lenart qui, comme elle l'avait appris, était tombé en France et se rappela le soulagement qu'elle avait éprouvé en apprenant la nouvelle. C'était rassurant de le savoir mort, Toni aussi était mort et en sécurité. Les deux hommes de sa vie étaient maintenant une chose qu'on ne peut voir sans dégoût et qu'elle serait elle-même tôt ou tard. Bientôt ils seraient tous les trois réduits à un squelette bien propre, puis cela aussi disparaîtrait.

Cette pensée n'en était pas moins effrayante. Elle souleva la main gauche avec la droite et la laissa tomber sur la couverture. La main était froide, maigre et, comme Betty le savait, couverte d'un fin réseau de rides. En dessous apparaissaient les taches de vieillesse et les veines, et encore en dessous, beaux et délicats, les os de la main. Elle sourit doucement à cette pensée et sentit enfin la fatigue désirée monter le long de sa nuque.

Pendant que la lune déclinait, Betty rêva qu'elle était à la recherche de quelque chose de très important. Elle avançait à tâtons dans l'obscurité entre de bizarres étables et des granges auréolées d'un halo de lumière qui tombait d'une fenêtre aveugle. La main sur la poignée, elle sut soudain qu'elle avait trouvé ce qu'elle avait si longtemps cherché et, le souffle coupé par la joie, elle s'avança sur le seuil.

Derrière une montagne de morceaux de viande sanglants, se tenait le grand boucher, luisant de sueur et superbe, et, par-dessus son couteau bleu familier, il lui souriait.

11

Au petit-déjeuner, reparut Mme Russel avec ses lunettes vertes, et Toni, qui l'observait du coin de l'œil, trouva qu'elle était pâle et paraissait épuisée.

Sa présence avait quelque chose d'oppressant pour lui, comme tous les gens jeunes il se sentait mal à l'aise avec les êtres en mauvaise santé.

Il avait toujours l'impression qu'on attendait de lui quelque chose qu'il ne pouvait donner car il ne le possédait pas. Mme Russel, comme si elle lisait dans ses pensées, refusa la proposition de Käthe de prolonger son séjour et déclara qu'elle allait repartir par le train de midi. Elle demanda donc à Toni de la conduire en ville afin qu'elle dépose sa valise à la gare.

Quand ils furent arrivés, elle lui dit au revoir et repoussa son offre de l'accompagner au prétexte qu'elle avait la manie de partir seule à la découverte d'un endroit. Cette affirmation la rendit si sympathique à Toni qu'il regretta vraiment de la quitter si vite. Mais il n'était pas revenu à sa voiture qu'il l'avait déjà oubliée. En pensant au plaisir de passer l'hiver dans la capitale, il se mit à fredonner à voix basse.

De la gare, Betty revint lentement vers la ville. Il était neuf heures et demie et une brume rosée baignait les rues. Même en plein été, il ne faisait jamais une chaleur brûlante. Un air froid qui venait de la rivière et des montagnes balayait toujours la ville.

Betty lut les enseignes, certaines portaient un nom inconnu, d'autres celui de familles connues. Quelques maisons avaient été détruites par les bombes et déjà en partie reconstruites. La rue était défoncée comme vingt ans auparavant et il y avait toujours une multitude de chiens errants. Ils déambulaient dans les rues, reniflaient les trottoirs et salissaient les rues latérales. Tous étaient sales, hirsutes et laids, mais heureux.

Un vieil homme regarda Betty avec insistance en remuant les lèvres. Il ressemblait à quelqu'un dont elle n'arrivait pas à se souvenir mais peut-être était-ce seulement la ressemblance qui lie tous les vieux du monde. Pourtant quelque chose ne paraissait pas plaire à celui-ci, et il cracha devant les pieds de Betty en secouant la tête.

De façon incompréhensible elle se sentit blessée ; jamais elle n'avait pu supporter l'hostilité avec philosophie. Elle avait appris à encaisser le bien comme le mal avec indifférence, mais celle-ci n'était que de surface. Une parole inamicale pouvait la déconcerter et lui gâcher la journée.

Elle arriva en suivant une ruelle sale sur la place du marché et ferma les yeux, aveuglée par la lumière qui tombait sur les ardoises humides des hauts toits pentus, sur les échoppes et sur les voitures.

La place qui était devant elle n'avait rien de particulier, c'était la place du marché de toutes les petites villes. Les gens aussi étaient familiers et reconnaissables, des ménagères, les paysans des environs, des adolescents et des enfants.

Betty respira profondément et sentit les effluves gais du marché aux légumes, l'odeur du persil, des choux et des champignons. Jeune femme, elle avait toujours aimé flâner à travers la cohue d'un marché, attirée par toutes sortes de senteurs, avec le goût des fruits couverts de rosée dans la bouche et au cœur une douce allégresse qui amenait un sourire sur ses lèvres.

Quelque chose l'émeut soudain, mais ce n'était pas le souvenir d'Elisabeth, c'était de voir ces tas d'abricots, de prunes et de cerises, les grosses mains rouges des marchandes dans lesquelles on aurait aimé enfouir son visage, et le vieux cheval pommelé qui, devant une carriole, sa longue tête baissée, sommeillait dans le soleil.

Elle était ravie et reconnaissante que les parfums et les couleurs la fissent frémir comme vingt ans auparavant. Elle avait enlevé ses lunettes et plissait les yeux dans le soleil. Comme toujours, lorsqu'elle était excitée ou heureuse, elle avait envie de participer, d'aider, de ne pas rester à l'écart. Elle aurait voulu soulever des corbeilles, éplucher des têtes de chou, étaler les champignons et enfouir les bras dans la montagne d'abricots, pour le simple plaisir de donner un coup de main. Mais elle se contenta de tendre une main timide et de la poser sur les fruits rouges et chauds.

Une guêpe excitée se posa sur sa main, Betty ne fit pas un geste, regardant frémir le thorax jaune et noir, puis elle sentit l'aiguillon percer sa peau. Pendant un instant la piqûre aiguë et brûlante resta encore un plaisir, mais une douleur lui succéda qui lui alla jusqu'au cœur.

Tout s'intensifia et devint évident. Pendant qu'elle était là, dans la clarté du soleil, le souffle coupé, l'énigme de sa vie fut soudain résolue, et la solution en était si évidente qu'un enfant aurait pu la trouver. Alors un souffle lui gonfla la poitrine, la douleur s'atténua et, d'un coup, elle oublia ce qui lui avait paru si clair, puis elle vit le visage d'une petite fille qui la regardait, la bouche ouverte.

Elle esquissa un sourire et fit un signe de tête à l'enfant. La petite ne bougea pas un cil et Betty crut voir, dans l'iris étincelant entourant la noire pupille, deux fleurs étranges. Elle savait à peu près de quoi les yeux étaient faits et prit conscience du caractère éphémère de cette matière gélatineuse et translucide, mais elle sut aussi que ce savoir n'effleurait même pas l'extrême périphérie des secrets. Elle toucha prudemment le petit nez de la fillette jusqu'à ce que celle-ci sorte de sa stupeur et se sauve en courant.

Betty gagna l'ombre des maisons et essuya la transpiration sur son front. Elle savait qu'elle ne se ménageait pas assez, mais quelle importance ? Il n'y avait personne, en vérité, pour qui sa vie avait de l'importance. Ces dernières années, elle était devenue toujours un peu plus insaisissable et avait fui dès que quelqu'un souhaitait une relation sérieuse.

Elle ne laisserait pas derrière elle des cœurs brisés. Sa mère était la seule personne qui comptait. Mais pour elle, elle était restée la jeune fille épanouie qui l'avait quittée. Sa mère n'avait pas vraiment changé, ses yeux bleus avaient certes pâli et ses cheveux étaient devenus moins épais, mais l'expression de son visage était restée la même. Peut-être qu'avec la surdité due au grand âge elle écoutait davantage son être intérieur.

Qu'avaient dû être pour sa mère les vingt dernières années, qui l'avaient elle-même minée et dévorée. Une rangée de jours uniformes, les repas toujours aux mêmes heures, les visites à Toni, les bavardages avec Käthe, la contemplation des vieilles photos, les larmes faciles des vieux – ça, c'est ma Lieserl, vous voyez – et ensuite le café léger et le gâteau, le meilleur des gâteaux dont la pâte était battue pendant une heure ; la visite hebdomadaire au cimetière où l'herbe pousse si vite et qu'on arrache vaguement avec des doigts sans force. Les racines ne venaient pas, et elle repoussait à la prochaine pluie.

Puis soudain la guerre avait éclaté, mais la famille n'était pas vraiment concernée, personne ne mourait de faim, la campagne était proche et Käthe avait ses paysans. Quelques arrestations en ville, des attaques cardiaques dans la cave, des rhumes et des bronchites. Le bulletin de l'armée chaque jour et des hochements de tête d'incompréhension sur ce monde qui changeait.

Puis un jour, ce fut fini et chacun savait à présent ce qui allait se passer, quelques-uns étaient morts, d'autres avaient été ruinés et des gens nouveaux siégèrent au conseil municipal, des gens qui avaient les mêmes visages et les mêmes noms que leurs prédécesseurs.

Tout revint lentement dans les anciens rails, les veuves se remarièrent, de nouveaux enfants naquirent et ce qui s'était réveillé se rendormit en silence. La grande inertie gagna à nouveau la petite ville.

Et la mère portait toujours son voile gris de deuil le dimanche et les jours de fête, et sa vue était devenue mauvaise.

Toutes les couleurs pâlissaient, les bruits s'estompaient, la joie et la souffrance se mêlaient jusqu'à se fondre en indifférence. On ne devait pas déranger le lent dépérissement de la fleur humaine par une apparition brutale. On ne devait pas surgir en criant : « Mère, c'est moi, regardez-moi donc. » Cela aurait été un mensonge ; car celui qui est parti un jour ne sera plus reçu. Il ne peut pas revenir comme celui qu'il était avant de partir, car ceux qui sont restés ne sont plus ce qu'ils étaient. C'est ce que se dit Betty quand elle passa devant la maison de sa mère. Elle ne s'arrêta pas et n'accorda même pas un regard à ces lieux qui, enfant, lui avaient paru être le paradis et qui, dans ses rêves, étaient beaucoup plus réels que la réalité.

Elle passa devant en détournant la tête et prit la rue qui menait au cimetière.

Ce n'est qu'après une longue recherche qu'elle trouva la tombe de son père. Elle lui sembla tout à fait étrangère, le génie brandissant la torche lui parut être exactement ce que son père avait considéré toute sa vie avec méfiance et avec un secret mépris. La tombe était fleurie de petites fleurs d'un rouge dense dont le brillant fit ressurgir chez Betty une image désagréable.

Elle s'assit sur la pierre tombale et essaya de penser à son père. Elle se rappelait beaucoup mieux le père de son enfance, le grand et gros homme qui était un si bon compagnon de jeu, que le vieux malade grisâtre des dernières années.

Betty ne savait rien sur son père, il ne lui venait pas une seule phrase que quiconque n'ait prononcée d'innombrables fois dans sa vie.

Dans une rédaction intitulée « Mon père », elle aurait écrit : « Il aimait manger, regarder les jolies femmes, sa famille, jardiner, certains cigares, se comporter décemment, l'été, l'atmosphère du matin, le café très chaud, les chaussures confortables, les grands chats gris et tout ce qu'on met sous la devise "ordre et raison". Il craignait les mouches à viande, le cancer de l'estomac, les vieilles cousines. Il détestait le désordre, le je-m'en-foutisme, les femmes laides, les dandys, le café froid, les idées saugrenues, les chiens, tout ce qui tournait autour des "droits des femmes", les mains sales, les mauvaises manières, le temps pluvieux. »

Et il arrivait à son père de marcher pieds nus dans l'herbe pour aller y faire un somme.

Naturellement elle aurait pu en écrire beaucoup plus dans cette dissertation mais elle savait que même mille pages n'auraient pas suffi, que l'essentiel ne se laisse pas exprimer par des mots et qu'elle-même l'avait vaguement pressenti plusieurs fois.

Il avait légué à sa fille unique ses yeux gris, le sens de la beauté et un amour malheureux pour l'ordre et la raison.

Toute sa vie il avait souhaité une mort propre et rapide et il avait mis deux ans à mourir dans les tortures humiliantes de l'urémie.

Une haine infinie submergea Betty à ce souvenir. Pour son père, c'était à présent indifférent d'avoir souffert deux heures ou deux ans, avec sa mort cela avait perdu toute signification, comme si ça n'était jamais arrivé. D'une vie ne restent que les enfants, les biens et les œuvres mais comme détachés de leur géniteur, sans rapport avec lui, avec qui plus rien ne peut avoir de rapport car il n'existe plus.

Mais encore perçait en elle cette haine sourde. Elle essayait de se persuader qu'elle ne pouvait plus aimer son père. Car que pouvait-on aimer de lui, des os dans la terre ou quoi d'autre encore ? Sa bonté qui se lisait sur ses lèvres, où était-elle à présent que ces lèvres étaient depuis longtemps tombées en poussière ? À supposer que son âme se trouve quelque part, Betty ne pouvait pas aimer une âme sans corps.

Elle était assise sur la tombe de son père et elle aimait qu'il ne soit plus là et elle détestait ce qui, avant de mourir, l'avait changé en un morceau de chair grise et râlante. Mais parce que la haine et l'amour n'ont aucun but, ils se retournèrent contre son propre cœur.

Elle savait maintenant qu'elle ne se serait jamais enfuie autrefois si son père avait été en vie. Jamais, tant qu'il avait vécu, par une obéissance délibérée, elle ne s'était dressée contre lui. Autrefois, vingt ans avant, elle avait été contente de le savoir mort. Sa mère – enfant déjà elle en avait conscience – était dure, égoïste et indépendante. Assez dure, froide et forte pour supporter cette perte.

Betty pensa que la liberté qu'elle s'était donnée était incomparablement plus dure à supporter que la captivité.

Soudain ses forces l'abandonnèrent. Les graviers qu'elle serrait tombèrent de sa main. Elle aurait voulu être capable de pleurer, aveuglément et sans retenue comme pleurent les enfants.

Tout ce qu'elle avait fait était absurde, une mosaïque de minuscules fragments de vies multicolores et, entre, beaucoup de gris et de noir. Peut-être qu'un œil très éloigné saurait discerner dans cette œuvre fragmentée une écriture secrète, mais cela ne pouvait être une consolation tant qu'elle serait incapable de déchiffrer l'écriture, et elle n'y parviendrait jamais.

Elle attendit, mais elle n'avait pas pleuré depuis longtemps, elle manquait d'exercice, aussi elle cessa d'essayer. Résignée, elle resta assise, la tête sur les genoux, lasse et désespérée, avec au cœur l'amer soupçon d'avoir pris le mauvais chemin.

Après un certain temps elle s'exhorta à la raison. Tout cela était arrivé et était impossible à changer, et au fond elle ne souhaitait pas que ça change. Sa vie continuerait, aujourd'hui elle l'aurait passée assise sur cette pierre avec au cœur le soupçon d'avoir pris le mauvais chemin. La vie était trop forte pour qu'on en vienne à bout.

Ça avait été stupide de sa part de venir au cimetière. Dans un dernier mouvement de dégoût elle arracha une des fleurs rose chair et en vit sortir une sève rouge. Elle passa la main sur le gazon dru et murmura : « Au revoir », mais la dernière syllabe fut avalée, parce qu'elle prit conscience de l'incongruité de ces mots.

Un peu plus tard, elle était assise sur un banc du jardin public et se laissait aller à une agréable somnolence. Vers onze heures arriva un jeune homme. Elle ne le reconnut pas aussitôt. Ses longues jambes brunes brillaient dans la lumière et il bougeait avec souplesse mais un peu gauchement, comme bougent les jeunes gens lorsqu'ils commencent à penser et perdent leur grâce naturelle.

De sa raquette de tennis il frappait parfois une mouche invisible ou seulement l'ombre d'une feuille d'arbre.

Betty fut tirée de la chaleur endormie de midi. Indulgente, elle eut un pincement d'envie devant cette fougueuse jeunesse et sourit. Au même instant elle le reconnut à cette façon de pencher la tête à gauche, exactement comme elle le faisait elle-même.

Toni la reconnut aussi. Il la salua avec sa raquette et, en quelques pas, fut devant le banc.

Betty, toujours en souriant, demanda : « C'était bien ? – Très ! » Ses yeux brillaient au souvenir du plaisir de jouer.

« Aimeriez-vous me tenir un peu compagnie ? », l'invita-t-elle, et elle le regretta aussitôt car il avait sans doute mieux à faire que de s'asseoir avec une vieille dame qui lui était complètement indifférente. Il aurait préféré sans doute aller se promener sur la place du marché, sentir le regard des femmes sur ses épaules, boire un verre de lait froid ou simplement marcher et respirer, étourdi par la touffeur de midi.

Le fils (mal élevé) d'Elisabeth se serait certainement récusé sous un prétexte quelconque. Le fils (bien élevé) de Käthe, sans montrer la moindre trace de contrariété, s'assit poliment à ses côtés en la remerciant.

Betty se retrouva dans le passé, en réalité elle n'avait pas envie de lui parler, elle voulait seulement avoir le loisir de l'observer.

Très sage, il était assis à côté d'elle, sa raquette posée sur ses genoux nus, les joues écarlates. Elle vit que ses doigts de pied se recroquevillaient dans les tennis sales, mais il ne se laissa pas aller à gratter le gravier et Betty en fut touchée. Elle se souvint de la jeune Elisabeth qui avait l'habitude de balancer les jambes et de froisser les serviettes.

La conversation tomba finalement sur ses études, les prochains examens, puis sur le théâtre à la capitale. Mais Betty était distraite et devait parfois cacher, sous un bref sourire, qu'elle n'avait pas écouté. Elle regardait son visage se découper sur le mur du parc, les longs cils, les yeux gris foncé, comme les siens, mais liquides et étincelants de jeunesse, et cette veine bleue sur la tempe gauche qu'elle retrouvait dans son miroir. Elle regardait le duvet blond des joues, le pli entre le nez et la bouche et le petit creux aux coins des lèvres.

La vieille et brûlante curiosité l'envahit à nouveau, une envie pressante de caresser ce visage de la pointe des doigts et de découvrir son mystère. Quelle en serait la sensation, froide, chaude, lisse ou grenue ? Le sang se mit à pulser au bout de ses doigts et elle dut enfoncer les mains dans ses poches.

Puis la curiosité s'apaisa. Toni disait quelque chose et la regardait plein d'attente. Sa voix était bien timbrée, mais il était incapable de s'exprimer avec aisance.

Il faut qu'il apprenne à parler, pensa-t-elle, il a tout à apprendre. Elle envisagea de l'inviter et, pendant un instant, cette pensée l'enchanta. Elle pouvait encore le former et faire de lui tout ce qu'elle souhaitait. Son cœur se mit à battre sourdement puis la tentation passa.

Il était bien comme il était, encore plongé dans l'inconscience de la jeunesse. On ne devait pas le réveiller brutalement, peut-être n'était-il pas destiné à se réveiller un jour, alors le dur désespoir, qui suit le réveil, lui serait épargné.

D'un geste prudent elle enleva une petite chenille de sa manche et la laissa tomber dans l'herbe. À cette vue, il fit la grimace et ses longs doigts fins eurent un geste de dégoût.

C'est bien, pensa Betty, que je ne l'aie pas invité, je ne serais pas pour lui une bonne fréquentation.

« Je ne voudrais pas vous retenir plus longtemps, dit-elle. Adieu ! » Quand il s'inclina devant elle, ses yeux étaient rêveurs, doux et vides.

Elle le regarda partir dans l'allée bordée de hêtres, découvrit la peau rouge à l'arrière de ses genoux et sentit combien le sourire sur ses lèvres était douloureux.

Où était l'enfant blond qui levait les yeux de son jeu de construction et demandait : « Tu reviens bientôt, mama ? » Se cachait-il dans le corps mince de l'adolescent ou continuait-il sa vie secrète dans ses rêves ?

Trois pigeons passèrent sur le chemin, se dandinant sur leurs pattes roses. Le mâle renversa la tête, secoua son plumage brillant et se mit à roucouler. Les deux femelles tournèrent doucement devant lui et commencèrent à picorer.

Betty les regardait sans vraiment les voir. Prise de vertige. Le grand vide dans sa poitrine se mit soudain à aspirer le monde en lui.

Se gonflant bruyamment, en un furieux tourbillon, tout cela la pénétra, les pigeons, le jet d'eau et la lumière tremblante sur le chemin.

Puis ce fut le silence. Betty détacha ses doigts crispés du dossier du banc et respira profondément.

Le parc gisait, désenchanté, devant elle, il avait perdu son éclat.

Depuis aussi longtemps qu'elle s'en souvenait, ça avait toujours été comme ça, et ça le serait jusqu'à sa mort. Elle était une voleuse qui emportait en elle le monde volé.

C'était en elle que le plumage des pigeons s'argentait, que l'eau du jet d'eau se pulvérisait sur le lac et que, devant un ciel infini, des cils brillants s'abaissaient sur des yeux gris enfantins.

Quand Toni Pfluger arriva à la maison dans l'après-midi, il trouva sa belle-mère dans le jardin, allongée sur une chaise longue en train de lire un gros roman tout en piochant des bonbons dans un sac en papier.

Quand il la voyait ainsi dans un doux abandon et vêtue de tissu fleuri, il trouvait toujours cette vue agréable.

Il avait de l'affection pour cette femme qui dégageait tant de chaleur et de bien-être et qui ne demandait rien sinon un peu d'amitié et de prévenance.

Il attira un fauteuil d'osier et s'assit près d'elle. « Dieu merci, nous avons cela derrière nous. Nous pouvons être satisfaits. Tu ne trouves pas cette Mme Russel un peu étrange, mère ?

– Très, renchérit Käthe d'une voix indistincte car elle avait un bonbon dans la bouche. Elle ressemble à quelqu'un que j'ai connu mais ce n'est qu'une ressemblance superficielle.

– Ah oui ! Une femme ?

– Oui, naturellement. »

Käthe prit un nouveau bonbon dans le sac. « Une femme qui est morte depuis longtemps.

– Ah ! dit Toni, parfois elle m'a paru presque inquiétante, avec cet air absent ou bien c'est qu'elle est malade.

– Tu crois ? »

Käthe plongea affectueusement dans les yeux d'Elisabeth qui la regardaient du fond de son propre visage. « Elle a peut-être eu une vie particulièrement triste. De nos jours, c'est courant. »

Toni, alarmé, préféra clore la conversation avant que sa belle-mère commence à se livrer à d'autres conjectures sur la vie amère de Mme Russel.

« Quoi qu'il en soit, elle nous a en tout cas apporté le bonheur.

– Oui, dit Käthe, c'est vrai », et elle se replongea dans son roman.

Toni tira sur sa cigarette et se renversa dans son fauteuil. Il avait vingt-deux ans et était au centre du monde. Il n'avait qu'à tendre la main pour saisir le bonheur et le garder. Mais il y renonça avec hauteur.

Devant lui s'étendait une file infinie de jours, la vie n'avait pas commencé et la mort n'était qu'une fable idiote. Il soupira de plaisir, jeta la cigarette sur le sol meuble, sauta sur ses pieds, s'étira et tendit les bras au ciel du soir.

OUVRAGE RÉALISÉ
PAR L'ATELIER GRAPHIQUE ACTES SUD
REPRODUIT ET ACHEVÉ D'IMPRIMER
EN JANVIER 2022
PAR NORMANDIE ROTO IMPRESSION S.A.S.
À LONRAI
POUR LE COMPTE DES ÉDITIONS
ACTES SUD
LE MÉJAN
PLACE NINA-BERBEROVA
13200 ARLES

DÉPÔT LÉGAL
1re ÉDITION : FÉVRIER 2022
N° impr. : 2106600
(Imprimé en France)